suhrkamp taschenbuch 2997

»›Es ist schön, diese Gegend zu verlassen‹, meint der Erzähler am Ende. Die ›Gegend‹, das ist das Land zwischen Meßkirch und Rast, zwischen der Stadt, die so berühmte Kinder wie den Philosophen Heidegger und das Bravo-Girl des Jahres 1971 die Ihren nennen darf, und dem Dorf, aus dem der Erzähler einst aufs Gymnasium nach Meßkirch geschickt wurde. Es ist ein Landstrich ohne Namen: ›Die Geographen sagen: oberes Ablachtal. Sie sind nicht *hier* gewesen. Sie verteilen ihre Namen von der Karte aus. Die Bewohner von *hier* wissen nicht, wo das obere Ablachtal ist.‹ Die wahren Namen der Gegend lauten Haarschneider Jakob, Pfarrer Haselmeier, Sauschneider Naze, Fräulein Hermle – und immer wieder Heidegger, wobei der Martin, von dem die Leute sagen, daß er ›irrsinnig g'scheit und unheimlich berühmt‹ war, nur einer von etlichen ist, die genauere Erwähnung finden. Zu ihnen, den Menschen zwischen Meßkirch und Rast, gehört auch Arnold Stadler, der mit dem Roman seiner Kindheit zugleich eine andere Art von oberschwäbischer Heimatkunde verfaßt hat.«

Karl-Markus Gauß, Neue Zürcher Zeitung

Arnold Stadler ist 1954 in Meßkirch, Baden geboren. Er studierte Theologie in München und Rom, anschließend Germanistik in Freiburg und Köln. Ebenfalls im Suhrkamp Verlag erschienen sind die Romane *Mein Hund, meine Sau, mein Leben* (st 2575) und *Der Tod und ich, wir zwei* (st 2864).

1999 erhielt Arnold Stadler die bedeutendste Auszeichnung der deutschsprachigen Literatur, den Georg-Büchner-Preis.

Arnold Stadler
Ich war einmal
Roman

Suhrkamp

Überarbeitete Taschenbuchausgabe
der Erstausgabe von 1989
Umschlagfoto: Wolfgang Israel
Aufgenommen in Jauger, Atlantik

suhrkamp taschenbuch 2997
Erste Auflage 1999
© 1989 Residenz Verlag, Salzburg und Wien
Lizenzausgabe mit freundlicher Genehmigung
des Residenz Verlags, Salzburg und Wien
Suhrkamp Taschenbuch Verlag
Alle Rechte vorbehalten, insbesondere das
des öffentlichen Vortrags, der Übertragung
durch Rundfunk und Fernsehen
sowie der Übersetzung, auch einzelner Teile
Kein Teil des Werkes darf in irgendeiner Form
(durch Fotografie, Mikrofilm oder anderes Verfahren)
ohne schriftliche Genehmigung des Verlages reproduziert
oder unter Verwendung elektronischer Systeme
verarbeitet, vervielfältigt oder verbreitet werden.
Satz: Hümmer GmbH, Waldbüttelbrunn
Druck: Nomos Verlagsgesellschaft, Baden-Baden
Printed in Germany
Umschlag nach Entwürfen von
Willy Fleckhaus und Rolf Staudt

1 2 3 4 5 6 – 04 03 02 01 00 99

I

Die Vergangenheit
Die Gegenwart

Schmerzensfreitag

Schmerzensfreitag, weil ich an einem Schmerzensfreitag, wie hier im Hochland der Freitag vor Karfreitag heißt, ohne daß ich wüßte warum, geboren wurde, an der Straße von Wien nach Paris, wie Heidegger, den jeder verehrt und keiner liest, Gröber, der braune Konrad, ein Erzbischof des Dritten Reiches, der hier am meisten gilt, Welte, auch ein Philosoph, der am Ende nur noch Rosen malte, Anita Gillert, *Bravo-Girl* 1971, von David Garrick, dem Sänger von *Dear Mrs. Applebee*, am Marktbrückle nach München in die Stadt abgeholt und in einer Klamotten-, jetzt wohl Mottenkiste verschwunden (bitte melden), Johann Baptist Röder, der Viehzüchter, der schon im neunzehnten Jahrhundert sein auf dem einheimischen Mist gewachsenes Vieh bis nach Südafrika verkaufte, Abraham a Sancta Clara, der Maulheld und Retter Wiens (Mercks Wien!), Johann Baptist Caspar Seele, der als Schlachtenmaler einigen Erfolg erzielte, Lucy Braun, die Modeschöpferin in Mailand, Conradin Kreutzer mit seinem *Schon die Abendglocken* und Anton Gabele, der Heimatdichter, dessen Stern ebenfalls in einer Zeit leuchtete, die andere als finster bezeichnen, sowie der Meister von Meßkirch. Ein Bild blieb in der Stadt, siebzig wurden vom Fürsten, der sich in der Bierbranche einen Namen gemacht hat, verscherbelt oder nach Donaueschingen transportiert, wo sie im Fürstlichen Museum verkommen.

Das alles konnte die Meßkircher Schule von sich aus bestreiten, die zweitausend Seelen zählende Meßkircher Schule von sich aus, bis in der *Schlechten Zeit*, wie die

Nachkriegsjahre hier unten heißen, auch einige der dreizehn Millionen Flüchtlinge angesiedelt werden mußten. Sobald es diesen Armen möglich war, setzten sie sich in freundlichere Gegenden ab. Einige sind aber doch geblieben und versuchen nun um jeden Preis auf schwäbisch ihr Glück.

Also, oben das Schloß, das der Fürst für eine deutsche Mark an die Stadt Meßkirch verkaufte, als die Mauern schon bald nach innen und bald nach außen kippten. Stattliche Frührenaissance, der Stadt als Ruine oder Quasi-Ruine überlassen.

Zum hundertsten Geburtstag des Philosophen wurde eine Sondermarke bei der Deutschen Bundespost beantragt. Das Schloß soll bis dahin *neu renoviert* sein, wie das gebildete Meßkirch meint.

Mozart nächtigte in Meßkirch, auf einer Heimreise. Er wird nicht lange geblieben sein. Marie Antoinette auch, diese auf dem Weg nach Paris.

Meßkirch, auch die Heimat von Kants Großmutter, war in den umliegenden Dörfern und Kleinstädten wenig beliebt, soweit ich zurückdenken kann. Es prahlte mit großen Namen, die sich, sobald sich eine Gelegenheit ergab, in alle Welt zerstreuten wie die Flüchtlinge nach 45. Sie bevölkern Friedhöfe und Grüfte zwischen Riga und Wien.

Hier wurde auch ich geboren, im Städtischen Krankenhaus, längst aufgelöst. Die Dorfhebamme war schon gestorben.

*Die Erinnerung fällt vom Fahrrad
und bleibt liegen*

Die Erinnerung fällt vom Fahrrad und bleibt liegen. Tut weh. Blutet etwas. Offenes Knie. Kommt kaum auf die Beine und hinkt dann. Steigt wieder aufs Fahrrad und fährt nach Hause. Begegnet Lisl, die mit dem Besen im Hof steht. Es ist Samstag gegen vier. Die Glocken läuten den Sonntag ein. Steht auf dem Fußballplatz, geht mit Fritz in den Löwen.
Sie blutet, der Reihe nach, aus verschiedenen Gründen.
Die Erinnerung stürzt vom Pferd, fällt nach rückwärts, blutet aus dem Kopf. Macht vorher noch einen Purzelbaum ins Gras.
Die Erinnerung wandert aus.
Sie kommt vom Krematorium zurück.
Sie trägt zu enge Badehosen.
Sie geht den Schloßberg hinauf, flucht ins Gras.
Hat ausgeschrieben.
Hat aufgehört zu rauchen.
Trifft ihre Kriegskameraden.
Ist nicht mitgereist.
Steht auf dem Rummelplatz. Wird von Jahr zu Jahr kleiner.
Wächst ihm über den Kopf.
Geht baden.
Grenzt die Felder ab.
Dreht sich mit der Prozession im Kreis.
Grenzt an die Friedhofsmauer. Blickt Richtung Heuberg.
Das Wetter bleibt wie es ist.

Kommt mit dem Sauhändler durch die untere Hofeinfahrt hereingefahren.
Sieht kein Land mehr.
Sie öffnet in umgekehrten Hosen die Tür. Sie ist besoffen.
Hat einen Rausch.
Kommt als Nachtfrau.
Sieht, wie Lisl mit Boden zugedeckt wird.
Hat keine Kinder.
Stellt mir ein Bein. Bringt die Bilder durcheinander.
Die verschiedenen Photographien. In der ersten Reihe Lisl im Sonntagskleid.
Sieht die Dreckig in groben Umrissen auf der Treppe sitzen und darauf warten, daß etwas los ist.
Steht mit einem Taschentuch am Bahnhof.
Sieht Lisl noch einmal, wie sie mit Boden zugedeckt wird, und Habermeier, der behauptet, daß sie aus demselben Boden gemacht sei.
Die Alleserinnerung.
Ich habe keine Erinnerung. Ich habe so gut wie alles vergessen. Kleiner Schmerz.
Kleine Zeit. Das Glück setzt aus. Der Schmerz setzt aus.
Die Erinnerung setzt aus.
Die Erinnerung setzt eines Schmerzensfreitags ein.
Die Erinnerung wird zum Ichfall. Ich war einmal.

Ich war einmal

Kleine Zeit, als die Maikäfer fliegen lernten und eine Plage waren im Mai und sonst keine Plage war im Mai, außer es waren Kriegszeiten und Mai zugleich.

Wenn so ein Kleines geboren ist, sagen die Hebammen, die es in die Luft heben: Wenn es geschrien hat, braucht es erst einmal viel Schlaf. Dann legt man es ins Nest und heißt es Bett, wenig über dem Boden und parallel zu ihm. Es schläft zum ersten Mal ein, draußen, gleich, ob es Tag oder Nacht ist.
Wenig später bekommt es einen Namen, den sich Vater und Mutter ausgedacht haben. Dann soll man für den Rest des Lebens *Arnold* zu ihm sagen.
Sterben hört sich zu dieser Zeit ganz nach Verleumdung an.
Schön, daß das Kleine nichts davon weiß, auch wenn es schon einen Namen hat und Arnold (hochfliegender Adler) heißt. Es ist noch ungewiß, ob sich seine Eltern nicht geirrt haben.
Am Montag wird es angemeldet, und der Bürgermeister bestätigt, daß es da ist. Sobald es etwas kräftiger ist, wird es zum ersten Mal ins Freie getragen. Es kommt in die Kirche und es wird getauft. Wie soll das Kindlein heißen, fragt der Pfarrer an der Kirchentür. Aber es hat doch schon einen Namen. Widersagst du dem Satan? fragt man es, und es schreit. Das Wasser ist naß. Es will nicht getauft werden.
Ungewisse Zeit später kommt Ich dazu.
Die Erinnerung fängt an mit Ich war einmal.
Am ersten Schultag sitzt die Erinnerung in der ersten Reihe. Schlachtet die Kindergartenzeit mit Schwester Maria Radigundis aus. Zwei und zwei durch den Wald spaziert, der Pudding mit Vanillesoße und Händchen in Gips, derart aus dem Kindergarten verabschiedet.
Die Drohung von allen Seiten, jetzt solle es ernst werden. Doch ich wartete in der ersten Reihe meiner kleinen

Schule. Es wurde nicht ernst, aber es gab Tatzen, die weh taten. Es wurde *umsonst*, schon damals. Die Kleinen durften nur miteinander spielen. Sie durften einander ins Poesiealbum schreiben, sobald sie schreiben konnten *Zwei Täubchen, die sich küssen, die nichts von Liebe wissen*. Fergißmeinnicht mit F.
Dann der Schloßberg, *und* es wurde ernst.
Ich erinnere mich hell. Habe mich hellerinnert. Sich hellerinnern, bis nur noch lauter helle Flecken bleiben. Die unterscheiden sich von den dunklen dadurch, daß sie hell sind.

Schloßberg

Es war, von außen gesehen, eine nutzlose Existenz, die ich führte. Dreißig Jahre lang Bücher gelesen und nicht fertig geworden damit. Im Anfang, heißt es, schuf Gott Himmel und Erde. Dann schuf er das Licht, und es wurde Licht. Bücher lesen und hell werden, sagt man. Ich kann mir meinen Sinn aus den Tagebüchern der letzten zehn Jahre zusammenlesen.
Ich habe mir das alles gar nicht ausgesucht.
Ich kam vom Land und suchte mir nichts aus, so gut wie nichts. Die Freunde wurden mir nach Jahrgang zugeteilt. Mein Jahrgang, meine Gleichaltrigen. Sie saßen mit mir vom ersten Tag an in der Schule, damit ich mit ihnen Lesen und Schreiben lernte. Sie waren aus irgendwelchen, aus unerfindlichen Gründen gleichzeitig geboren worden, auf dem Rathaus angemeldet, getauft, geimpft, in den Kindergarten, in die Schule geschickt, gefirmt und gemustert worden.

Ich habe mir auch die Tinas und Marinas nicht ausgesucht, mit denen ich den Schloßberg hinaufging, um in der später »Heideggergymnasium am Feldweg« genannten Schule neun Jahre lang mißhandelt zu werden. Von Lehrern, die ich mir nicht ausgesucht hatte, die über mich den Kopf schüttelten, über die ich den Kopf schüttelte, weil ich in der Turnhalle nicht das tat, was sie wollten, nicht ihre Handbewegungen an Barren und Reck ausführte, wie sie es mir und den anderen vorgemacht hatten, obwohl ich *das Zeug* dazu gehabt hätte, wie es hieß, obwohl ich also nicht zu den *Flaschen* zählte.

Wenn ich wie jeden Morgen um dreiviertelacht *hineinging* und lange nach Mittag wieder *herauskam*, wollte ich *später*, wie ich *früher* dachte, alles vergessen oder wie es war vergessen und *wie die Sonnenuhr* nur das Schöne behalten. Aber es ist so *herausgekommen,* daß ich mich heute an Schönes nicht erinnern kann und nur *das weniger Schöne* geblieben ist.

Ich muß es noch einmal sagen: Ich hatte mir die grobe Ledertasche, mit der ich neun Jahre *am Stück und nichts anderes* den Schloßberg hinaufging, nicht ausgesucht. Auch die Schüler nicht ausgesucht, die neben mir denselben Weg gingen, die neben mir den Schülergottesdienst absaßen und mir fremd waren, obwohl ich nichts anderes kannte als sie und mein ganzes Leben bis dahin neben ihnen hergegangen war und nichts anderes, und die im Musikunterricht als *Trottel vom Land* wie ich zusammen mit mir genannt wurden und die dieselben Lieder sangen wie ich, zusammen mit mir: Freiheit, die ich meine, sangen wir.

Ich und *meine Anderen* sangen nicht schlecht, und der

Musiklehrer begleitete uns auf dem Flügel, indem er ihn traktierte.
Wir hätten eine bessere Begleitung, der Bechsteinflügel eine bessere Behandlung verdient. Bechsteinflügel gehören nicht in die Schule und nicht in die Hände von Musiklehrern.
Lizzy wurde gerne von ihm als *frühreif* bezeichnet, als ob das sein Wort für *genial* gewesen wäre, weil sie schon einen Busen hatte, aber keinen BH trug, um den Lehrern zu gefallen. Frühreif. Wenn sie einige Jahre später von der sexuellen Befreiung sprachen und mir mit ihrem Bauch kamen und mir ihr *Mein Bauch gehört mir* zu verstehen gaben. Wenn sie sich später alternativ, wenn auch gut mit ihrem *Partner* arrangiert hatten und eine *alternative Beziehung* führten und jetzt mit ihren Zwei- und Dreijährigen und ihrem gesunden Stuhlgang große Reden führen, wenn ich sie zufällig, aber unvermeidlich *in der Stadt* treffe, wie Meßkirch in Meßkirch heißt.
Ich saß *drinnen* als *Trottel vom Land* zu allen Jahreszeiten, die mich von *draußen* verfolgten.
Die Musikbeispiele kamen vom Band. Im Musikzimmer hörte ich Ausschnitte aus *Tristan und Isolde*, Ausschnitte aus der *Entführung*, Ausschnitte aus dem *Fliegenden Holländer*, dies schon in der Untertertia. Nübel gab gelegentlich auch Ausschnitte aus eigenen Kompositionen, denn er komponierte selbst, im Stil der letzten Donaueschinger Musiktage, und er beschimpfte mich und die anderen als *Trottel vom Land*, weil er mitten unter ihnen in Meßkirch tätig sein mußte, obwohl er nichts anderes verdiente, als in Meßkirch zu wirken.
Da saßen die Dreizehnjährigen und die Vierzehnjährigen mit ihren Heuberger und Linzgauer Gesichtern und wur-

den zum Singen aufgefordert, und wenn einer nicht singen wollte, weil er nicht singen konnte, bekam er zwei Tatzen und zwei Sechser auf einmal. Diese Trottel vom Land, von denen Herr Nübel meinte, sie hätten lieber auf dem Heuberg bleiben sollen und mit der Mistgabel auf den Steinäckern den Mist verteilen, anstatt ihren Mistgeruch mit ins Musikzimmer zu bringen, kannten keine andere Ansicht aus der später »Heideggergymnasium am Feldweg« genannten Schule am Schloßberg, und so fielen die Redewendungen und Grimassen des Musiklehrers nicht einmal ins Gewicht. Es war so, als ob sie dazu, *zur Schule*, gehört hätten. Die Stadttrottel, wie ich sie heute nennen darf, fanden nichts dabei, nicht als Stadttrottel bezeichnet zu werden und mit diesem Ehrenzeichen durch die Schloßbergjahre geschleust zu werden. Herr Nübel, der, wenn ich mich recht erinnere, mütterlicherseits aus Zizenhausen stammte, ist von Meßkirch weggezogen und hat am See ein Bauernhaus gekauft, wodaselbst er seine Motetten weiterkomponieren soll.
Um die kleinste Entscheidung zu treffen, brauche ich die größere Hoffnung der Lebenden. Damals hätte ich weit mehr Berechtigung gehabt als heute, abzubrechen, nicht mehr in diese Schule am Schloßberg zu gehen.
Doch ich habe es nicht getan. Jetzt habe ich die Berechtigung dazu verloren. Ich nahm das Leben in Kauf.
Damals hätte ich mit Recht auch noch in eine andere Richtung gehen können. Aber ich fuhr noch auf Jahre hinaus mit allen möglichen abscheulichen Busfahrern, die Dreizehnjährige behandelten wie *kleine Kriminelle*, jeden Morgen ab sieben alle Dörfer im Umland ab, die die Trottel vom Land einsammelten und in die Stadt brachten. Dort wurden sie am Stadtrand ausgeladen und

konnten noch von selbst den restlichen Kilometer den Schloßberg hinaufgehen, um vom Hausmeister wie *kleine Kriminelle*, jedenfalls als Trottel vom Land empfangen zu werden, die sie waren.

Als solche konnten sie nach Ende des Unterrichts noch ein oder zwei Stunden in der Stadt herumlungern und auf diese Art auf den Bus warten. Sie und ich konnten in den *Bären* gehen und rauchen und trinken und dreckige Witze anhören, die sie nicht verstanden, oder in der Bäckerei Zum Stiefel am Marktbrückle eine Tafel Ritter-Sport mitlaufen lassen. Ich klaute nie, ließ mir aber von den anderen Stehlratzen je nach Appetit mitbringen: Nußhörnle, Mohrenkopf, halbe Hähnchen. Gegen zwei konnte ich neben *meinen Anderen* durch den Hofgarten zum Bus gehen.

Jahrelang mußte ich auch noch die Gesichter der stadtinternen Lizzies ertragen und konnte ihnen und ihren Pferdeschwänzen nicht beikommen.

Schon bei den Bundesjugendspielen 1966 tanzten sie mir ihren Kasatschok vor.

Schon 1968 standen dieselben, frühreif gewordenen Lizzies am Marktbrückle.

Zwei Jahre später trug Lizzy immer noch Stirnband und eine transparente Bluse, wie es Mode war.

Nach dem Abitur ging sie in die Großstadt, um Architektur zu studieren. Nach der an- und abgebrochenen Architektur, nach fünf Jahren, in denen sie mit Cowboystiefeln aus der Zeit von *These Boots Are Made For Walking* von Kneipe zu Kneipe wanderte, wurde sie durch die ZVS nach Oldenburg geschickt, wo sie jetzt Medizin studieren soll.

Auch Lizzy und ihre Freundinnen habe ich mir nicht ausgesucht. Mußte mit ihnen aber nicht den Schloßberg hinauf- und hinuntergehen, da sie mit dem Auto gebracht und geholt wurden. Aber ich habe gesehen, wie sie bei den Lesewettbewerben vorlasen, bei den Bundesjugendspielen vorsprangen, wie sie beim schulinternen Schönheitswettbewerb zur Miß Progymnasium gekrönt wurden und schließlich von David Garrick einen Kuß bekamen, als dieser das Bravogirl 1971 am Marktbrückle abholte, was auch im *Bravo* abgebildet war. Dies zu einer Zeit, als die Lizzies schon APO-Groupies und noch *Bravo*-Leserinnen waren.

Bei den Bundesjugendspielen, die von manchem Stadttrottel als Schicksalszeichen großer oder geringer Zukunft gewertet wurden, standen Lizzy und Jane (alle hatten englische Namen) mit Stirnband und Meßlatte und schossen sich gegenseitig im Wettkampf-Völkerball ab. Mit Meßlatte und Ballnetz dienten sich Jane und Lizzy auf dem Sportplatz, dem Vorfeld der Ehre, ihrer Frau Guhlin an. Frau Guhlin war Sportlehrerin und hatte nur Sport im Kopf. Der Stadtpöbel ließ sich von ihr im Tennis- und Skiclub organisieren, wußte mit seinem Geld nichts anderes anzufangen, als sich *auszustatten* und Clubhäuser zu bauen, und führt seitdem diese *Errungenschaften* als selbstausgestellte Idiotenscheine mit sich und preist den *höheren Freizeitwert* von Meßkirch an und dient so gewissen Trotteln vom Land, die es sind, als Vorbild.

Lizzy stand bei den internen Meisterschaften, deren Sieger im *Dagblatt* abgebildet waren, auf der Ehrentribüne und trug ihre Kurzsichtbrille auf halber Höhe oder schob sie über das Stirnband.

Das konnte ich dem *Dagblatt* entnehmen.

Sie wußte, daß ich mich für Freundschaftsspiele und interne Meisterschaften nicht interessierte. Ich interessierte mich mehr für Philosophie, wie sie meinte.

Einmal stellte sie mich in ihrem Freiburger Studio als Dichter vor. Ein anderes Mal als Verwandten von Martin Heidegger. Dies war das höchste, was man in Meßkirch außerhalb des Skiclubs werden konnte.

Sie war mir immer voraus.

Ihr Lieblingswort 1969 war *abschüssig*. Sie hatte es vom Treffen der Oberschwäbischen Schülerzeitungen mitgebracht.

Auch in der Geschlechtsreife war sie mir voraus.

Dann in der Politik.

Dann in der klassischen Musik. Dann bei den Weibern. Dann bei den Männern. Dann im Wohn-Design.

Jetzt bei der Kindererziehung.

Der Abiturfeier, wo sie den Dank an die Lehrer vortrug, blieb ich fern.

Einmal, im Sommer des Abiturs, verbrachten wir einen heiteren Nachmittag am See. In Bodman. Ich kann mich kaum mehr an jenen Nachmittag erinnern, nur so viel weiß ich noch, daß Lizzy mich mehrere Male vom Boot aus ins Wasser stieß.

Neulich traf ich sie auf der Straße. Sie fragte mich, ob ich schon eine Stelle hätte. Sie sagte, sie ginge ins Goethe-Institut nach Salamanca. Ich sagte ihr, ich ginge ins Goethe-Institut nach Austin, Texas. Es war eine Geschichte der Ausbootungen.

Andere, die mit mir den Schloßberg hinaufgingen, habe ich, zusammen mit ihrem Namen, glattweg vergessen.

Sie blieben auf der Strecke.

So hänge ich mit verlorenem Blick am Schloßberg.

Ich weiß, daß ich Lizzys Witzfigur war.
Wir müssen uns unbedingt bald sehen, sagt sie jedesmal, wenn ich sie treffe. Meist am Marktbrückle, der einzigen Stelle in Meßkirch, wo sich zwei Straßen kreuzen. Aber auch in Freiburg haben wir uns, aus ähnlichen Gründen, schon getroffen. Doch immer ist der Zufall im Spiel.
Ich glaube, sie hat einen Akademischen Rat geheiratet. Auf der Einladung stand aber Professor. Ich glaube, die dürfen sich heute so nennen, nach einer gewissen Zeit.
Er hat, wie auffallend viele Mitglieder des *Universitätslehrkörpers*, einen Sprachfehler. Er dreht die Wörter im Mund um, stottert dazu noch etwas.
Ich war, wie Lizzy mir sagte, immer der komischste von allen. Heute behauptet sie sogar, ich hätte früher gestottert. Jetzt soll ich mit ihr Kaffee trinken, wenn ich sie am Marktbrückle treffe. Ich spinne wohl, aber ich bin mit Lizzy schon unterwegs ins Café Becher. Ich mache ihr von der Seite her Komplimente, schiefe Komplimente, versteht sich. Ich habe ihr auf dem Weg ins Café schon gesagt, daß sie jünger geworden sei in all den Jahren. Jetzt sage ich ihr vom runden Marmortischchen aus *Du bist schöner geworden, die Brille steht dir gut*.
Lizzy sagte mir auch, ich solle die Vergangenheit von der heiteren Seite sehen. Im Café Becher lud sie mich zu einem Schock ein und sagte mir, ich sei viel jünger geworden.
Frau Café Becher, die so aussah, als käme sie von ganz woanders (Flüchtling woher?), stellte sich gleich hinter unser Tischchen, um uns zu sagen, daß sie Weihnachten nach Madeira fliege. *Schön, Tante Glärle*, sagte Lizzy und stellte mich als zukünftigen Heidegger vor. *Da muß ich euch was zeigen*, fiel sie Lizzy ins Wort, ging und kam

mit einem Gästebuch und einem Stapel von Photographien und setzte sich an unseren Tisch. *Jaa, ich kannde den Professer sehr gut. Der kam jedes Mal zu mir, wenn er in Meßkirch war. Daa saßer*, und sie zeigte in den hinteren Teil des Cafés, wo Heidegger immer saß. *Mit dem Fritz war ich per du.* Fritz war der Bruder des Philosophen, er sagte: Mein Bruder ist der Philosoph. Ich bin der Vielsauf! Frau Becher zeigte auf das Photo, das sie zwischen die beiden Brüder gezwängt zeigte. Unten stand *Für das Bäsle. M. H.* ohne Datum. War in der *Schlechten Zeit*, die drei saßen vor einem Mostkrug. Auf dem Speckbrettle abgewetzte Speckschwarten. *Ich war ja no verwandt, ich war immer des Bäsle, unsere Urgroßväder oder Müdder ware Geschwistrigskindskind*, und sie erzählte weiter, und ich hörte *Der war gscheid, der hat immerzu mir gsagd, Bäsle du kommsch nach Freiburg un besuchsch mich in Zähringe. Du kommsch ganz uf deine Mudder Helän. Dann hatter immer gmeint, ich hätt falsche Zähn. Aber des hat gar nicht gstimmd. Die hatmr de Fischer Ewald ersch Ende der fünfziger Jahr gemachd. Und des Gold, des ich gebrauch hab, des hab ich bei der Grall Lisl bekomme. Die hat damals des Juweliergschäfd, den Uhrelade nebe der Niedere Miele ghabt. Was stimmde war, daß ich damals nur ein schlechte Zahn hadde.* Lizzy, die die ganze Zeit nur halb hingehört hatte, wollte Tante Klärle immer wieder ablenken und sagte, zum Beispiel, *Zeig uns des Photo mit dem Filbinger.* Oder, an mich gewandt, *Schön gemacht, wieviel hast du ausgegeben?* oder *Man sieht es fast gar nicht* oder *Wenn du's nicht gesagt hättest, hätt ich's fast gar nicht gemerkt.* Oder *Sieht viel besser aus wie vorher* und auch *Tadellos gemacht* und *Kann was* und *Wie im Film*

und *Ganz bestimmt*, und ich sagte Lizzy, ich müßte bald gehen, um noch vor fünf auf der Sparkasse zu sein.
Und der Herr Direktor?
Er ließ Lizzy und die Anderen gewähren.
Er ist jetzt tot und ging seinerzeit mit Filzpantoffeln durchs Haus.
Den Direktor brauchte ich selten. Er hatte auch keine festen Sprechstunden. Man schaute durchs Schlüsselloch, um zu sehen, ob er im Zimmer war, und klopfte daraufhin. Ich brauchte ihn nur, weil ich als Trottel vom Land kam und einen freien Tag für die Ernte brauchte. Aber ich hätte jeweils lieber eine Krankheit erfunden, als *deswegen* um einen freien Tag zu fragen. Was verstand dieser Stadttrottel von der Landarbeit? Wußte er, wie man Garben bindet? Wußte er am Ende gar, was Garben sind?
Wenn man mich brauchte, wurde auch ich von der Schule abgeholt, mit dem Diesel 190, mit dem auch die Ferkel vom Saumarkt abgeholt wurden. Das war nur im Sommer, daß ich gebraucht wurde. Im Winter wurde ich nicht gebraucht, und so hatte ich Zeit, in der Kälte zu stehen und oben beim Hofgartentor auf den Bus zu warten, bis der Bus kam.
Der Bus kam dann aus Richtung Krumbach, das war gleichzeitig aus Richtung Italien. Das dumme Sprichwort, daß das Gute so nahe liege, bis heute ein ekelhaftes Wort. Lag es am Busfahrer, daß ich auch nachmittags vor der Stadt warten mußte, so wie ich morgens vor der Stadt abgeladen wurde, oder lag es am Direktor, der die Busse nicht auf dem Schulhof wollte, weil er keine Kinder auf dem Schulhof wollte, seine Ruhe wollte und deshalb Lehrer geworden war. Schon bei der Anmeldung mußte ich mich diesem Direktor stellen, war ohne Rückhalt. War,

zehnjährig, der Mutter eines weiteren Kandidaten mitgegeben worden.

Ein Jahr später saß ich schon neben Rolando in der hintersten Reihe. Der Direktor hatte mich zu sich bestellt. In der Schule hieß es, ich wolle in das Jesuiteninternat Stella Matutina nach Feldkirch wechseln. Ein Gerücht, gewiß von Rolando. Er war neun Jahre lang mein Nachbar. Die Schule war so schlecht, daß außer ihm und mir, und drei weiteren ›Schulkameraden‹ genannten Mitschülern, alle sitzenblieben oder in andere Städte flohen. Rolando hatte eine Großmutter in Neapel. In den ersten Sommerferien kam die erste Karte aus Italien. Die Geschichte mit den Jesuiten stammte gewiß von Rolando, er hatte ja auch erzählt, ich sei nur deswegen in Meßkirch, weil ich Theologie studieren wolle, um Erzabt von Einsiedeln oder Zwiefalten zu werden (zwei Versionen). Wäre ich nach Feldkirch zu den Jesuiten gegangen, wäre das ein Verlust für Meßkirch gewesen, zahlenmäßig. Meßkirch war in Gefahr, weil die Schüler, die schon den Schloßberg hinaufgingen, nicht bleiben wollten, und andere gar nicht kamen, das war der Ruf von Meßkirch, seinem Schloßberg und seinem Heideggergymnasium.

Ich verstehe noch weniger, warum ich so schlecht behandelt wurde. Der Direktor bestellte mich auf sein Zimmer. Ich schaute durchs Schlüsselloch, um zu sehen, ob er im Zimmer war. Er war nicht im Zimmer, kam gerade die Treppe herauf und gab mir zunächst einmal eine Ohrfeige. Dann fragte er mich, ob es wahr sei, daß ich Jesuit werden wolle und daß ich schon in Feldkirch gewesen sei. (Ich war gerade elf Jahre alt geworden.) Ich konnte ihm nur sagen, daß der Herr Pfarrer Habermeier mit mir nach Blönried gefahren sei, um mich den Steyler Missionaren vorzustellen. Daraufhin durfte ich wieder auf mein Zimmer. Es war bestimmt nicht mein Zimmer. Angefangen mit dem Ofen, der fehlte, für den in den ersten Schuljahren in Rast, gegen meinen Willen, anstelle von Schule, Holz gesammelt wurde. Auch das Bild von Heuss fehlte. Es gab Lübke. Auch das Harmonium fehlte. Und das Lied *Freude schöner Götterfunken*, das wir in der Quarta sangen, war so geheimnisvoll wie die Trinität, kein Wunder. Ich blieb schon an den Wörtern dieses Liedes und noch mehr an seiner Grammatik hängen. Wie heißt das auf französisch: Joie, belle étoile des dieux? Wer war die Tochter aus Elysium? Ich weiß es nicht. Dieses Lied singt man mit der Nase nach vorn, und so sangen es die Schüler, denen es gefiel.

Auch hätte ich gerne einmal gewußt, auch im nachhinein gewußt, was sich die anderen, *meine Anderen*, dabei gedacht haben, als sie auf Jahre hinaus von Frau Guhlin durch die Turnhalle getrieben wurden, zum Warmlaufen, wie es hieß, im Kreis. Zu den Sonderbarkeiten von Meßkirch gehörte, daß wir Jungen bis zur Geschlechtsreife von einer Turnlehrerin unterwiesen wurden. Was hier *Leibeserziehung* hieß, nannte sich dort Wehrsport, geblieben ist das Vorfeld der Ehre. Doch ich war unsozial. Ich machte nicht mit. Im Dritten Reich hätte es Prügel gegeben. In Meßkirch gab es nur schiefe Bemerkungen, die es in sich hatten. Die Turnlehrerin, jawoll, Frau Guhlin, war nämlich kein Nazi, sondern nur die Tochter eines Nazi, und das ist, nach allem, was ich weiß und wissen kann, das Allerschlimmste.

Aber warum wollte ich den *Rest der Welt* auf Jahre hinaus noch verbessern? Hielt mich nicht *die Verachtung der Umstände* am Leben? Meine Mitschüler, die keine

Religion im *Ranzen* hatten, wie ich dachte, freuten sich wenigstens auf die Turnstunde, oder sie machten sich nichts daraus. Das Springen, das Hin- und Herrennen, das Herumgetrieben-Werden um die Trillerpfeife herum, fanden die wohl nicht unnormal. Die dachten wohl, *das gehört dazu*, wie ihre Eltern von HJ und BDM dachten, *das gehört dazu*, wie sie von Wehrdienst dachten, *das gehört dazu*, wie sie vom Arbeitsdienst dachten, *das gehört dazu*, wie sie vom Zug nach Osten dachten, *das gehört dazu*. Das meiste geschah ohnehin freiwillig, wie alles, was man nicht für möglich hält, was ich nicht für möglich gehalten hätte, freiwillig geschieht und geschah. Nein, sie dachten gar nicht.

Schon zehn Jahre tranken *meine Anderen* Coca-Cola. Die Mädchen ließen sich ab sechzehn bedienen. Die waren alle faul.

Ich *besuchte* mit ihnen die Schule am Schloßberg. Für mich Landtrottel war's eine Pause zwischen Feld- und Stallarbeit. Ich war lieber bei meinen Schweinen als bei meinen Mitschülern. Wenn ich neben ihnen in der großen Pause im Schulhof stand, bei der alten Kastanie und dem Brunnen, der später wie die Kastanie durch etwas Schönes, Neues ersetzt wurde, gingen Tina und Marina Arm in Arm auf und ab und grüßten, wenn sie an mir vorbeikamen, *Guten Morgen, Herr Pfarrer*, und verneigten sich dazu, erinnere ich später.

Dabei hatte Tina bei der Aufnahmeprüfung selbst gesagt, sie wolle später in die Mission. Ich hatte freilich gesagt, ich wolle Pfarrer werden. Doch ich wußte nicht, was berufen heißt, und fürchtete, nicht auserwählt zu sein. Diese Angst verlor sich mit den Jahren, indem sie sich erübrigte.

So konnte ich auch nicht zwischen Schamhaftigkeit und Keuschheit unterscheiden und kann es heute noch nicht. Da der Pfarrer meine Frage nach dem Unterschied nicht beantworten konnte, beim besten Willen nicht, scheint mir heute, beriet ich mich mit Tina und Lizzy, und sie meinten, es sei ungefähr dasselbe. Die eine war sexuell begabter, die andere konnte besser rechnen. Beide haben jetzt ihren Mann.
Vor dem Fenster, das heißt: draußen die Birnbäume. Sie überragen die Apfelbäume und werden auch älter als sie. Ich sitze beim Mittagessen und esse meine Bratwurst, die Kartoffeln sind aufgewärmt. Wenn es nicht regnet oder schneit, fahre ich mit dem Fahrrad nach Meßkirch und komme mit dem Fahrrad zurück. Ab sechzehn mit der Honda. Ab achtzehn mit dem VW. Ich bin von allen Seiten gut versorgt.
Rast, auf halber Höhe gelegen, schön, wie mir scheint, schön gelegen, liegt zwanzig Minuten mit dem Fahrrad vom Schloßberg entfernt. Zwanzig Minuten Richtung Süden, dann bin ich, dann war ich in meinem Kuhdorf, denn mein Kuhdorf ist kein Kuhdorf mehr, leider. Ich lasse, ich ließ auf dem Weg nach Rast Wichtlingen links liegen. Ein abscheulicher Ort, kann man sich denken, hört man diesen Namen. In Wichtlingen gibt es, gab es noch Hexen.
Ich kam heim, aß meine Bratwurst. Dann zog ich das *Wertighäs* an, im Sommer die kurzen Lederhosen, sonst Manchester (Manseschder, wie man hier sagte) und irgendein kariertes Hemd und ging aufs Feld. Die Felder, auf denen ich arbeitete, die Obstbäume, die ich von der Stube aus sah. Ich kann nicht sagen, ob ich zu jedem Baum ein besonderes Verhältnis gehabt hätte. Kam erst mit den

Jahren. Ich kann aber immer noch nicht sagen, daß mir die Kastanie lieber wäre als der Birnbaum, so wie ich absolut nicht sagen kann, ob ich lieber stehe oder liege.
Damals war mir der Geflammte Kardinal am liebsten. Eine Apfelsorte, die noch in wenigen Obstgärten am Bodensee zu finden ist. Ansonsten ist der Geflammte Kardinal auch hier vom Goldenen Delizius, der Einheitsfrucht, ersetzt. Es standen drei Geflammte Kardinal in diesem Baumgarten, aus dem man, in die Sprache der Planer übersetzt, gut und gern zehn Einfamilienwohneinheiten hätte *herausschlagen* können. Man müßte nur die Planierraupe kommen lassen, um Ordnung zu schaffen.
Die Bäume stehen noch. Ich will sie in Schutz nehmen, solange ich kann.
Hier. Das war die Kehrseite von Meßkirch und seinen Nachstellungen. Hier wollte ich mit dem Spielen nicht aufhören. Vielleicht war es frühreif, daß ich das Ende des Spielens, das mit Meßkirch zusammenfiel, und den Beginn von *Dort* als die letzte Katastrophe meines Lebens vernahm und vernahm und vernehme.

Hier

Ich sah alles von hier, wenn ich mich umsah.
Den Heuberg, die Alpen, wenn's schön war, den Hegau.
Aber *hier* hatte keinen Namen.
Die Geographen sagen: oberes Ablachtal. Sie sind nicht *hier* gewesen. Sie verteilen ihre Namen von der Karte aus. Die Bewohner von *hier* wissen nicht, wo das obere Ablachtal ist.

In der Schule hieß es früher, links von der Ablach ist der Heuberg. Rechts von der Ablach ist der Linzgau. So hieß es früher. Doch ich hatte keinen Heimatunterricht, weil ich nach dem Krieg geboren wurde.
Ich erfuhr in der Schule nie, wo ich zu Hause bin, wo *hier* ist, weil es nach einem Krieg, der schlecht ausging, keinen Heimatunterricht gab.
So mußte ich mir von den Alten sagen lassen, wo ich zu Hause bin, welchen Namen *hier* außerdem noch hat. Oder vom Atlas. Doch der Atlas ist für *hier* zu klein. Er verzeichnet die kleinen Landstriche nicht einzeln. Der Atlas verzeichnet die Donau, lieblos, und in welche Richtung sie davonfließt, an uns vorbei, ohne Namen zu nennen. Unten der Bodensee. Der Bodensee liegt weit.
Der Geist von gestern.
Heute.

Die Abgrenzung der Felder

Die Felder beginnen am Ortsrand. Auf dem ersten Feld steht der Dreschschuppen mit seinen Maschinen.
Mit dem kleinen Traktor fahre ich gegen das hölzerne Scheunentor. Ich habe mich in der Fahrstunde verliebt. Ich habe mich im Theoretischen verliebt. Es kommt kein Liebesbrief. Auf dem Weg nach Hause Hasen überfahren. Sonntagsbraten, gutes Fleisch. Der Nachbar ist Jäger. Ich habe vergessen, daß ich verliebt bin. Es war nur ein Hase. Liegt im Kofferraum. Das Scheunentor ist ganz kaputt.
Es muß ausgebessert werden. Es heißt, ich habe keine Augen im Kopf. Abends gehe ich schwimmen.

Neben mir mein Schäferhund, eine inzüchtige Mischung, Thomas, Johannes und die anderen. Oben die Lerchen, ganz schön zuverlässig im Sommer. Ich falle nicht vom Fahrrad.
Der Waldweiher liegt mitten im Wald. Im Waldweiher lerne ich schwimmen. Andrea stößt mich ins Wasser. Es stellt sich heraus, daß ich jetzt schwimmen kann. Ich komme aus dem Wasser. Andrea wirft mich zu Boden. Andrea möchte mich versohlen. Es stellt sich heraus, daß Andrea mich liebt.
Ich höre mein Herz schlagen.
Andrea am Ufer.
Ich kann noch nicht richtig schwimmen.
Aber der Mähdrescherstaub ist abgewaschen. Ein letzter Rest in den Augen. Die Augen sind gerötet. Das Ufer ist uneben. Brennesseln, soweit ich sehe. Dunkles Wasser. Lachen von jungen Stimmen, durcheinander. Frösche in der Dämmerung. Morgen ist auch ein Tag.
Das Schwimmen hat müde gemacht. Strecke mich auf dem Handtuch aus. Das Gras wird nachts nicht naß im Juli. Die roten Badehosen. Die Brennesseln. Die Frösche. Die Nachtfrau im Unterholz.

Der Eintagsschmerz

Schmerz, der neben dem Atem verläuft.
Ich gehe tiefer in den Wald. Da ist Großmutter in ein Fuchsloch gefallen. Großvater zieht sie aus dem Fuchsloch heraus. Sie hat sich nichts gebrochen. Ich weine. Das Pflanzensetzen geht weiter. Ich höre auf zu weinen. Es tat nicht weh.

Vom Fahrrad fallen tat weh. Auf den flachen Bauch fallen, mit dem Lenker dazwischen, schnürte den Atem ein. Ersticken tat weh, die Angst vor dem Ersticken.
Einfache Sätze taten weh: du bleibst zu Hause.
Ich darf nicht spielen. Daraus eine Geschichte machen, das Vorderrad ist verbogen, auf dem Knie ein großes Pflaster. Keine Geschichte daraus machen, wenn ich vom Dreirad, vom Zweirad, vom Pferd und vom Motorrad gefallen bin. Der Schmerz verschwand. Das Wort dafür zog sich mit dem Wort süß zur Erinnerung zusammen. Das regelmäßige Ein- und Ausatmen in der Zeit zwischen dem Schmerz.
Die Lunge macht mit. Hat eine gute Lunge.
Der Drachen, der vom Himmel fiel, tat weh.
Der Drachen, der gar nicht hinaufwollte, tat weh.
Der Schulausflug, der ins Wasser fiel. Meine Küken, die ins Wasser fielen und ertranken. Die anderen, die vom Relle gefressen wurden, als sie schon durch den Baumgarten laufen konnten. Mutti paßte nicht auf. Ich mußte es büßen.
Die Eintagsfliegen, meine Tränen, zahllos.
Das Weihwasser, mit dem Regen vermischt, tat weh. Es regnet Tränen in den Ärmel. Es war kalt und es wurde gesungen. Es war einmal.
Auch der Schreiner, der den Sarg zumachte, sagte, ich solle nicht weinen.
Ich hätte nicht vom Fahrrad fallen dürfen.
Aber da es geschehen ist.
Auch die Uhr war kaputt. Luischen verlor seinen Schuh, ja, seinen, und fand ihn nicht wieder, ein Wunder.
Nur Schürfungen. Es ging noch einmal gut. Ich hinkte nur etwas, zum Spaß.

In der Zwischenzeit hatte es zu schneien begonnen, ich brauchte einen neuen Schlitten, und bald war es Sommer.
Efeu auf der einen Seite des Hauses, die Wand hoch.
Die kräftigen Fundamente, die Ruinenreste.
Oder auch die vermoosten Stummel im Baumgarten. Die Birnbäume, die Schweizerbirnen, die Saubirnen, die ausgestorben waren. Die Zuckerbirnen. Ich hätte mehr in diese Birnen beißen sollen. Die Zähne gut, der Zahnschmerz eine spätere Erfindung.
Kleiner Schmerz: zwei Tatzen für den Eukalyptus im Mund. Ich sagte *kuin Bolle im Maul*.
Kleiner Schmerz: Manuela ließ sich niemals von mir am Baum festbinden und küssen und so mißhandeln, artiges Händchen, Kindergarten.
Kleiner Schmerz: X oder auch Y, die sitzenblieben und aus meinem Leben verschwanden, schon damals. Ich gewöhnte mich daran.
Kleiner Schmerz: die Gipshand, die Hand in Gips, das Händchen, zur Erinnerung an den letzten Tag im Kindergarten. Der Teller an der Wand mit diesem verlorenen Händchen. Mein Blick zur Wand hin, mit dem Efeu auf der anderen Seite, unsichtbar.
Kleiner Schmerz: die Namen der Kindergartenfreundinnen, und daß sie vergessen sind. Meine Zusagen, und daß sie nicht eingelöst wurden: heiraten, wenn ich groß bin. Ich glaube, die eine hieß Brigitte.
Der unheimlich kleine Kindergarten, gesetzt den Fall, ich müßte heute einen ganzen Nachmittag mit Schwester Maria Radigundis Ball spielen, auf zehn zählen und einen schönen Himmel malen.
Es ist kalt und es regnet. Es ist so kalt, daß aus dem Regen

Schnee wird. Außer dem Wind hört man nichts. Es folgt die Stille der Schneeflocken.
Kleiner Schmerz: daß es diese Gegend war, wo es so kalt war. Der Heuberg ist weiß vor Schnee.
Es muß selbst wissen, wie es einen Witz erzählt, hieß es vom Kind.
Kleiner Schmerz: Ich lachte über Witze, die ich nicht verstand. *Leck mer a Masch*, sagte ich und bekam eine Ohrfeige.
Ich liebe Schläge, wenn sie von oben kommen, wurde mir eingeredet. Unser kleiner *Saulude brunzt* schon wieder gegen die Hauswand. Schon wieder bin ich erwischt worden.
Mit dem Teppichklopfer wird mir das Paradies ausgetrieben, nach und nach, mit dem Kochlöffel, bis er bricht.
Die Schläge von innen, mit dem Herzschlag.
Die Schläge von außen, der Glockenschlag, zum Beispiel.
Dazu kamen noch die Schläge von oben.
(Kleiner Schmerz.)

Fritz, der Saulude

Fritz, der Saulude, schifft schon wieder gegen die Hauswand. Er läuft nicht einmal zum nächsten Misthaufen, beläßt es bei der nächsten Hauswand.
Fritz ist keineswegs mein Vorbild. Ich komme von selbst darauf, an die Hauswand zu brunzen. Luischen lacht mich aus. Damals zwei Jahre älter, jetzt tot.

Ich kaue ungestraft mit der einen Hand Nägel, und mit der anderen seiche ich gegen die Hauswand und werde naß.
Die Wand ist eine Mauer, einen Meter dick, mein undurchdringliches Vaterhaus.
Von Fritz weiß ich nur, daß er auch gegen Hauswände pinkelte und daß er am hellen Tag soff. Sonst weiß ich nichts von Fritz. Weiß nur noch, daß auch er mit unserem Sauhändler und mit Heidegger verwandt war, aber nur ein paar Briefe von Heidegger hatte, die ihm gestohlen oder die er verloren.
Auch weiß ich noch mehr. Fritz kam nicht übers Dorf hinaus.
Fritz hatte nur den Traktorführerschein. Mit dem durfte er Moped fahren. Vielleicht stand er daher jeden Sonntag auf dem Fußballplatz Richtung Sentenhart. Aber dafür gibt es mehrere Gründe freilich.
Die schönen Beine der Fußballspieler (kleiner Schmerz). Es soll keine Geschichte aus Fritz werden, weil er an unsere Hauswand *g'soicht hot*, sagte Großvater, sage ich. Nach dem Fußballspiel gingen die Spieler mit ihren schönen Beinen und ihren Zuschauern einen saufen.
Nach dem Saufen im Löwen fuhr Fritz mit dem Fahrrad in den Straßengraben. Lisl holte das Fahrrad ab, als es schon dunkel war.
Was war mit Fritz? Er schmiedete auch unsere schmiedeisernen Vorhangstangen. Fritz war geschickt. Fritz hatte keine Kinder, obwohl ich für Lisl für den Storch Zucker hinauslegte. Aber Lisl war für Kinder schon zu alt, sagten die Alten. Sie könnte ein Waisenkind beim Pfarrer bestellen oder wenigstens eines loskaufen. *'s leit am Fritz*, sagte Lisl. *Weged de Lisl*, so Fritz am Stamm-

tisch. Daß Lisl jetzt tot ist und Fritz immer noch säuft, kleiner Schmerz.
Keine Hausfrau, eine faule Miste, die den ganzen Tag vor dem Haus stand und den Autos nachsah, die vorbeifuhren. Mit dem Besen in der Hand die größte Sauerei hatte, wenn es stimmt, was Krössing über sie sagte. *Die Schwaben seien schmutzig, sie hätten nie ostpreußische Reinlichkeit gelernt.*
Fritz trinkt weiter. Lisl ist tot. Er hat den Grabstein bezahlt. Sonst weiß ich nichts von Fritz.

Lisl zeigt sich am Fenster

Ich sehe nicht, was Lisl sieht. Ich sehe das Photo. Von ihrer schönen Haut bleibt nur ein so und so gefärbtes Stück Papier. Aus demselben Stück Papier ist auch noch ihr schönes Kleid gemacht. Ihr blondes Haar, ein Stück Cellophan. Ich weiß nicht, woraus Bilder sind.
Ich nehme an, sie sieht jemanden vorbeifahren. Die Neugier treibt sie bei jedem vorbeifahrenden Auto ans Fenster, heißt es von ihr.
Es ist Sonntag. Fritz photographiert Lisl nur am Sonntag. Nur am Sonntag wird photographiert, darum. Nur am Sonntag hat Lisl ihr schönes Kleid an, Sonntagskleid, darum. Lisl streicht mit der rechten Hand über ihr Sonntagskleid.
Lisl und Fritz verstehen etwas vom Leben und photographieren sich am Sonntagmorgen nach der Kirche.
Lisl läßt sich durch das offene Fenster photographieren. Jetzt ist sie aufgenommen und wartet, bis das Bild fertig ist. Das Bild bleibt, *für eine Ewigkeit und drei Tag'*.

Antonius kommt von der Einweihung des Krematoriums zurück

Lisl steht mit dem Besen im Hof. Antonius will sich nicht mehr verbrennen lassen. Das Auto ist schon gewaschen. Sie hat einen sauberen Stallbesen in der Hand, grobes Material, selbst gebunden. Lisl wird gleich schlecht, wenn Antonius nicht gleich mit seinem Krematorium aufhört. Seine Frau soll keine Arbeit haben mit ihm. Saubere Sache. Das Krematorium hatte einen Tag der offenen Tür. In den Ofen konnte man durch ein Loch sehen. Lisl sagt, Antonius solle jetzt aufhören. Die Ziege sei noch einmal aufgestanden. Es sei den meisten schlecht geworden. Am Morgen und am Nachmittag hätten sie eine Ziege verbrannt, um zu zeigen, wie die Anlage funktioniert. Er habe sogar sofort kotzen müssen, obwohl er nur einmal kurz durch die Luke geschaut habe. Lisl habe keinen Grund zum Kotzen, sie sei ja gar nicht dabei gewesen. Normal dauere es viel länger. Vier Stunden. Der Sarg glüht und wird durchsichtig.
Antonius erklärt ihr den Weg zum Krematorium. Es stellt sich heraus, daß sie die Neuapostolische Kirche für das Krematorium hielt. Lisl stützt sich auf den Besen. Sie schüttelt den Kopf. Antonius hat alles erzählt. Ilse sei seit zwei Wochen im Krankenhaus. Es sehe schlimm aus. Sie dürfe bald nach Hause. Man habe aufgeschnitten und gleich wieder zugemacht.
Antonius fährt weiter. Lisl muß noch den Hof kehren. Die Glocken läuten den Sonntag ein.

Es gab

Ich sitze mit dem Trieler am Tisch, weil ich noch triele. Den Löffel kann ich schon selbst halten. Vor mir das Habermus. Alle haben einen Löffel. Alle essen damit vom Habermus. Es schmeckt. Ein Rest von früher. Ein Rest von gestern. Auch gestern gab es Habermus, weil es so gut war. Oben schwamm das Butterfett. Unten die *Kratzede*. Das Angebrannte, streifenweise mit dem Löffel weggekratzt, der siebte Himmel.
Es gab Habermus. Den abgeschöpften Rahm von der Rahmschüssel. Es gab Hirnle von der Frühjahrssau. Der Reihe nach Erdbeeren, Stachelbeeren, Zuckerbirnen, Frühäpfel. Es gab von allem.
Es gab *Kopfweh, Fieber, Scharlach, Tod*, ein Kinderspiel.
Der Flieder blühte in allen Himmelsrichtungen, angefangen hinter dem Holzschopf. Es gab den Flieder in allen fliedermöglichen Farben. Es sind nicht viele.
Der Nachbar kommt zur hinteren Haustür herein. Wir sind noch am Essen. Er will ein Bier. Aber er muß erst einmal mitbeten. Dann bekommt er sein Bier und trinkt es aus der Flasche und sitzt auf dem Sofa und fragt *Wia gozene*, und weiter geschieht nichts. Hat er sein Bier getrunken, geht er wieder.
Ich sitze noch in der Stube. Eine Maus schlittert über den Parkettboden. In der Küche zanken sich meine Schwestern beim Abwaschen. Der Postbote kommt. Es gibt nichts Neues. Es gibt ein Obstwasser für ihn. Das Geschirr ist gewaschen. Das Gezänk in der Küche hört auf.

Mutter kommt mit dem Besen in die Stube und vertreibt mich. Die vordere Stube ist noch nicht geputzt. Der Streit geht weiter. Ich gehe vors Haus. Setze mich vor die Hauswand. Die Sonne scheint. Es gibt niemand, der mit mir spielt.

Zuerst Caro. Dann Bello

Der erste wurde auf der Straße angefahren, und Lisl sagte: Kakaopulver. Wie kann man einen Hund nur so taufen.
Ich weinte, drei Tage, bis das Weinen anstrengend wurde. War der Tränen müde, und es kam Bello.
Bello hieß ich in Italien. Eine Hausfrau, die in der Nähe des Hauptbahnhofs auf und ab ging, nannte mich so. Die Einkaufstasche in der linken Hand. In der rechten eine Zigarette. Ich, auf einem Auge blind. Sie fragte mich auf italienisch, wohin ich unterwegs sei. Bello, sagte sie, ich verstand. So hieß auch mein Hund.
Mein Bello war schöner. Ich trug ihn auf den Armen. Er kotzte mir auf den Kopf. Ich ekelte mich nicht. Ich war seine Mutter.
Der Alteisenhändler hatte ihn von anderswo mitgebracht. Er kam zweimal im Jahr und hatte immer etwas anderes dabei. War ein Zigeuner oder fuhr auch vielleicht nur mit Zigeunern herum. Zigeuner war zwar ein Schimpfwort, aber es gab auch richtige Zigeuner. Die kamen auch zweimal im Jahr. Der Alteisenhändler hatte keinen Namen. Der Lumpenmann und der Scherenschleifer, die hatten ja auch keinen Namen. Ich sagte *Du,*

Alteisenhändler zu ihm. Ich sah den Hund und sagte *Wawitt defir?* Er fragte nach alten Schränken, Truhen, Roßstiefeln, Roßsätteln. *Lumbezeig,* sagte er, ob wir so altes Lumbezeig noch hätten. Großvater sagte *Des ald Zeig hommer scho lang vebrenndt. Aber en alte Schlitte honder no,* behauptete der Alteisenhändler. *De sell gemmer it här,* behauptete mein Großvater. Behauptete, ich wolle im Winter Schlitten fahren.
Der Schlitten wurde vom Dachboden geholt. Der Alteisenhändler nahm ihn unter den Arm und tat ihn zu seinen anderen Sachen. Er gab mir den Hund dafür und sagte, er heiße Caro.

Habermeier ist gestorben

Die Italiener ziehen im Pfarrhaus ein. Sie sind alle katholisch. Der eine kommt sogar in die Kirche, kann aber nicht mitbeten.
Die Italiener werden aus dem Pfarrhaus geworfen, weil sie keine Vorhänge haben und nachts in so kleinen Unterhosen durchs Zimmer laufen, wie man sie in diesem Dorf noch nie gesehen hat.
Und
Diese Gastarbeiter, die Ärsche wie Weiber haben und für Raster Verhältnisse ungewöhnlich stark mit dem Hinterteil wackeln.
Die schönen Italiener. Abgezogen die Italiener, die nicht schön sind. Einen Schönheitsfehler haben die schönen Italiener. Sie sehen alle gleich aus. Sie spucken auf dem Boden herum, kratzen an ihren Schwänzen. Auch das ist

neu in Rast. Einerseits ekelt sich die Landjugend vor ihren Italienern. Andererseits kann sie nicht mit ihnen sprechen. Die Italiener sind nicht zum Sprechen da.
Ihre spitzen Schuhe am Sonntag. Ihre Goldkettchen, ihre schönen Augen, die sie meinen Freundinnen machen. Die kurzlebigen Erinnerungen meiner Freundinnen.
Die kurzatmigen Italiener. Abends spielen sie Federball mit ihnen. Ich stehe im Abseits. Spielen, nicht sprechen. Meine Freundinnen sagen mir, es ist bei ihnen alles ganz gleich, andererseits aber auch ganz anders. Spielen, nicht sprechen.
Die Italiener sind fort.
Eine langweilige Familie zieht ins Pfarrhaus ein, mit ihren Kindern und Regenschirmen.

*Einer meiner Vorfahren war
mit Napoleon in Ägypten*

Eines Morgens, denn es wird eines Morgens gewesen sein, ging's ab nach Donaueschingen. Glaube nicht, daß man auf ihn besonders gewartet hätte.
Ich weiß nicht, wie er aussah, dieser Mann. Es gibt kein Bild von ihm. Ich weiß nicht, was er an diesem Abend im weit entfernten Donaueschingen noch unternahm. Vielleicht gab es noch ein Nachtessen mit den anderen. Wahrscheinlich war er das erste Mal in Donaueschingen. Wohin kam man von Rast aus? Einmal im Jahr die Wallfahrt der Otmarsbruderschaft an den Untersee, einmal die Pestwallfahrt nach Beuron, zu Fuß.
Der Sebastian hätte nur ein Gespann abliefern sollen.

Und dann haben *sie* ihn gleich behalten. Zu Hause werden *sie* am Tag darauf noch lange aufgeblieben sein und auf ihn gewartet haben.
Als er zurückkam, war er so lange fortgewesen, daß keiner mehr wußte, wie viele Jahre es waren. Die es gewußt hätten, waren tot. Er selbst konnte das damalige Raster Schwäbisch nicht mehr. Er sprach in einem fremdartigen Deutsch, in einer anderen Sprache immer wieder davon, daß er die Pyramiden von Giseh gesehen habe.
Ich habe die Pyramiden von Giseh gesehen. Ein Satz, der großen Eindruck machte in Rast, daß ihn mein Urgroßvater mit fünfundneunzig noch wußte. Er hatte diesen Satz als Kind gehört, nicht vergessen und mir weitergegeben.
Zuerst bei den Österreichern. Dann die Schlacht um XY verloren (steht auf dem Triumphbogen). Bald französischer Gefangener. Bald französischer Soldat, und ab nach Ägypten. Sprach er Französisch?
Ich habe die Pyramiden von Giseh gesehen. Ein Satz, den er mitbrachte.
Spät zurückgekommen, gar nicht zurückgekommen.
Keiner konnte sich an ihn erinnern. Seine Familie wußte nur noch, daß er weggegangen und nicht wiedergekommen war. Er hatte zu viele Jahre in der Fremde, wie man es nennt, verbracht. Aber er hatte die Pyramiden von Giseh gesehen und wurde am Ende seines Lebens als Feldhüter eingesetzt. Denn damals wurden die Früchte des Feldes noch gestohlen.
Es gab fünf Höfe in Rast. Rast bestand aus Bauern und Knechten. Der Knecht hatte am Sonntagnachmittag bis fünf seinen freien Tag, wenn nicht gerade Erntezeit war. Aber zur Sichelhenke gab es ein Fest, und im Nachbar-

dorf gab es Tanz, und es gab Bier. Der Knecht ging besoffen heim, er hatte einen Mordsrausch vom Bier, weil er nur den Most gewöhnt war.
Auch diese Zeit ging vorbei.
Als diese Zeit vorbei war, ging der Knecht in die Stadt, wo es eine Stadt gab. Der Bauer hatte einen Knecht weniger. Als alle Knechte weg waren, hatte der Bauer niemand mehr zum Arbeiten. Der Bauer mußte selbst arbeiten und konnte nicht mehr ins Wirtshaus. Der Hof wurde, als die Knechte weg waren, bald zu groß, und er wurde geteilt. Der Hof wurde bald zu klein und *warf nicht mehr genug ab.* Dann ging der Bauer in die Fabrik, die spätestens seit dem letzten Krieg an jedem Dorfende stand, und so haben sich die Dinge halt geändert. Dort verdient er das Geld für seine Landmaschinen, mit denen er in der Freizeit auf seinen Äckern herumfährt.
Der alte Sebastian aber stand noch als Feldhüter ganze Tage in den verschiedenen Gewannen seiner Schwester, die den Hof geerbt hatte, und ließ es nicht zu, daß einer ihre Erdäpfel klaute.
Ich werde nach Giseh fahren, um die Pyramiden von Giseh zu sehen.

*Die Soldaten machen Sauerei,
überall wo sie hinkommen*

Zuerst kommt das Manöver. Dann der Manöverschaden. Zum Manöverschaden kommt die Berechnung des Manöverschadens. Der Bauer geht aufs Rathaus, und für seine plattgewalzten Acker bekommt er gutes Geld. Lore

sagt zum ersten Mal in ihrem Leben *Mein Herz ist gebrochen* auf Hochdeutsch. Das Dorf ist begeistert. Sie ist vom Heustock gefallen und hat sich das Bein nur verstaucht. Im Futtergang liegt Heu. Lore fällt sanft und kann von selbst aufstehn. Der Ortspolizist schellt die neuesten Nachrichten aus. Er geht von Haus zu Haus und verkündigt, daß die Manöverschäden erstattet werden.
Lore sieht die Panzer als erste aus Richtung Sentenhart kommen. Sie fährt mit dem Fahrrad ins Oberdorf. Sie hat kein Telephon, sonst wäre sie noch schneller. Der erste Panzer hält an und fragt Gret nach dem Weg zum Hennenbühl. Sie kennt den Panzer aus dem Fernsehen. Lore weint in die Schürze beim Zwiebelschneiden. Sie möchte nicht mehr leben. Der Panzer ist nur ein Jeep. Lore sagt dem Panzer, er sei schon zu weit gefahren. Der Hennenbühl liege in die andere Richtung. Sie könne mit dem Fahrrad vorausfahren. Der Ortspolizist verkündet, daß das Manöver in zwei Wochen vorbei ist.
Lore steht auf dem Acker, Kartoffeln aushacken. Die Panzer haben ihre Kartoffeln in Ruhe gelassen. Sie sind auch noch gar nicht reif. Ich könnte weinen, aber ich weine nicht, weint Lore in ihr Taschentuch.
Die Soldaten machen nur Sauerei, überall wo sie hinkommen. Lores Mutter schätzt den Schaden ab, sie ist alt genug.
Der Franzosenwald heißt Franzosenwald, weil die Franzosen den Franzosenwald abgeholzt haben und den Franzosenwald vom Sentenharter Bahnhof aus nach Frankreich transportiert haben.
Die Franzosen kommen mit roten Hosen von Sauldorf her. Der Storch bringt die Butzele. Die Franzosen sehen, daß Rast voll ist von weißen Lappen. Rast will nichts an-

deres als Frieden. Die Franzosen beschlagnahmen Rast und seine dreihundert Bewohner. *Schwarzmexen* bei Todesstrafe verboten. Die Franzosen schnüffeln selbst im Schlafzimmer nach halben Sauen. Vor dem Schulhaus hängt die Trikolore. Gerda und die anderen verstehen kein Französisch. Sie grüßt die Trikolore im Vorbeigehen. Nickt mit dem Kopf, sie hat ein Doppelkinn. Fährt sie mit dem Fahrrad, steigt sie vom Fahrrad ab. Ihr Fahrrad wurde nicht beschlagnahmt. Sie zeigt dem Franzosen den Weg, mit der Hand, mit beiden Händen und sagt etwas Unverständliches. Ich, in sicherem, undeutlichem Abstand. Der Franzose mit den roten Hosen. Gerda auf dem Weg in den siebten Himmel. Sie fährt mit ihm Richtung Franzosenwald. Es könnte sein, daß sie ihn liebt. Gerda hat ein großes weißes Tuch an die Fahnenstange neben der Haustür gehängt. Gerda hat das Weiße aus der alten Fahne herausgeschnitten. So was verbrennt man doch nicht. Der Rest für Putzlappen. Gerda ist eine gute Schneiderin. Es mag sein, daß sie sonst etwas beschränkt ist. Fahrradflicken kann sie auch.

Gerda hat den Franzosen zum Essen geladen. Das Fett schwimmt auf der Suppe. Dem Franzosen schmeckt es nicht. Sie soll Schnecken suchen gehen. Er macht ein Schneckenzeichen auf den Tisch. Sie versteht schon etwas Französisch. Ich sehe, wie sich der Franzose Gerda auf den Schoß setzt. Sie ist allein in der Küche. Weint in die Zwiebeln. Lore schaut durchs Schlüsselloch und riecht die scharfen Zwiebeln. Sie hat eine gute Nase. Ich sehe Lores Waden. Sie sind etwas zerkratzt. Viel Arbeit auf dem Feld. Lore sagt mir, sie habe noch nie eine Schnecke oder einen Froschschenkel im Mund gehabt. Am Sonntag ist Manöverball.

Nebenan sind die Zimmerleute auf dem Dach. Die Tulpen blühen noch immer. Es ist Mitte Mai. Vorher wußte sie nicht soviel von den Franzosen. Die Franzosen haben doch keine Neger mitgebracht nach Rast. Gerda kennt Neger nur vom Hörensagen und als Krippenfigur. Die Hunnen waren auch schon da. Die Hunnen kamen mit ihren kleinen Pferden nach Rast. Sie verloren ihre Hufe an Rast vorbei. Einige davon hängen neben den Stalltürchen und bringen Glück, nach unten hin offen.
Lore hat nur ihren Soldaten im Kopf. Sie will nicht auf den Manöverball. Sie weiß nicht, daß die Hunnen hier waren. Gerda weiß es auch nicht. Habermeier verlangt von Lores Mutter, daß Lore sich nicht mehr mit ihren Soldaten trifft. Der Kommandant holt sie mit dem Jeep ab. Sie fahren in den Franzosenwald. Habermeier droht unter anderem mit dem Fegfeuer. Lore weint von selbst. Ihr Kommandant wird in die Kaserne zurückfahren. Die Soldaten sind nur noch einen Tag in Rast. Lore hat gelesen, daß das Herz brennt.
Die Franzosen kamen ohne Neger an. Friedrich der Staufer kam mit seinen Elephanten und Papageien. Rast ist nämlich ein Rastplatz für den Kaiser gewesen. Das muß man wissen. Was verstehst du von Frauen, sagt meine Lore zu mir. Sie will von mir nichts wissen.
Napoleon kam bis in die Nähe von Meßkirch. Das schröckliche Mößkirch kam so auf den Triumphbogen. In den Sumpfwiesen bei Meßkirch, damals noch Mößkirch, gab es eine Schlacht. Die Ablach entlang fiel einer nach dem anderen vom Pferd.
Gerda hat von einem Franzosen ein Kind bekommen. Sepp kehrt als Großvater aus Rußland zurück.
Auf der Haustreppe bekommt Gerda eine Ohrfeige von

ihm. Er geht ins Haus und nimmt das Butzele aus dem Kratten. Gerda weint noch. Sepp hat an der Westfront angefangen. Wäre er zu Hause geblieben, wäre das nicht passiert, denkt er vielleicht. Auch das Kleine weint jetzt.

Die Hunnen hatten ihre kleinen Pferde. Die Franzosen ihre roten Hosen. Der Franzosenwald ist schon wieder so weit gewachsen, daß sich die Panzer aus Sigmaringen für die Zeit des Manövers in ihm verstecken können. Es regnet. Ich kann den Schlamm und den Dreck von den militärischen Objekten nicht unterscheiden. Der Manöverball ist im Löwen. Die alten Weiber schauen aus den Fenstern. Lore und Luischen gehen zwei und zwei das Dorf hinunter. Sie tragen einen Minirock und verschwinden im Löwen. Ich, draußen, warte, bis die Musik beginnt. Ich verstehe nichts von Liebe. Ich habe gehört, daß Lore die Bekanntschaft mit einem Soldaten aus Sigmaringen gemacht hat und von ihm zum Manöverball geladen wurde. Auf dem Manöverball kann sie ihn lieben, im Stehn. Ich sehe zum ersten Mal einen General in meinem Leben. Auch er verschwindet im Löwen. Man hat mir gesagt, daß es sich um einen General handelt. Lore kann nicht glauben, daß die Soldaten morgen nicht mehr da sein sollen. Sie kann sich ihr Leben ohne Soldaten nicht vorstellen. Gerda bleibt auf und wartet, bis Lore vom Manöverball nach Hause kommt. Sepp würde ihr eine Ohrfeige geben, käme sie heim. Aber Sepp lebt nicht mehr.

O du schöner Westerwald, höre ich. Mit dem Westerwald in den Ohren Gerda auf dem Kartoffelacker, hackt Unkraut mit dem Westerwald zwischen den Zähnen, die ausgefallen sind, pfeift der Wind.

Hammelläufe, Freundschaftsspiele, Nachkriegszeit

Es war noch Nachkriegszeit, als ich groß wurde. Ist es immer noch. Ich wurde geboren, und wir waren schon wieder bewaffnet. Das hieß nun Bundeswehr.
Das *Dagblatt* berichtet seither von hochdekorierten Feldwebeln und anderen, berichtet aus den zahllosen Kasernen des Umlandes (Truppenübungsplatz Heuberg. So kann man meinen Heuberg auch sehen), berichtet das Nebensächliche aus diesen Institutionen, von Kegelabenden, Preisbinokel, Fahnenweihe, Freundschaftsspiel. Von Manövern und anschließend von Manöverschäden. Dazwischen die Weißen Sonntage. Der Landrat, die Todesanzeigen, der Bericht von der Gesundheitspolizei: verschimmeltes Fleisch, in Verwesung übergegangene Hähnchenschlegel, Verdacht auf Salmonellen.
Seit die Grünen im Kreistag sind (zwei Grüne), ist unklar, ob es in Zukunft Kegelausflüge und Brauereibesichtigungen geben wird. (Ein Grüner ist dafür, ein anderer dagegen.) Kein Jahresausflug nach Istanbul mehr, war sehr beliebt. Machen nur noch die Sparkassen mit ihren Aufsichtsräten. Letztes Jahr waren sie vier Tage in Tunesien, Jahresausflug, stand im *Dagblatt*.
Über den Hammellauf in Kreenheinstetten stand auch im *Dagblatt*.
Zwei Wochen vorher das Photo mit den Kaninchen. *Noch zwei Wochen kräftig gefüttert*, konnte ich lesen. Es gab den ganzen Tag Glühwein aus Plastikbechern, und ich konnte morgens von zehn bis zwölf einen Panzer von innen besichtigen. Malteser und Bundeswehr hatten ihre Informationsstände aufgebaut, wo es Bier vom Faß gab.

Es blieb bei der Bezeichnung Hammellauf, obwohl das Ganze nur ein Hasenlauf war. Schon am Morgen waren aus der *näheren Heimat* (Dagblatt) viele Festgäste *herbeigeströmt*, darunter: Lisl, Fritzle, Jakob, ich. Sie wollten die Festzeltmesse mitfeiern. Der Landstrich war katholisch. Es gab noch wenige Altkatholiken aus dem vorigen Jahrhundert. Kaum Evangelische aus der Zeit nach 45. Flucht und Vertreibung waren überstanden, um jetzt den Schwaben, Badenern und Heubergern sowie ihren Nachstellungen ausgesetzt zu sein. Eine Herrnhuterin saß auch im Zelt. Die Festbühne war mit Maien verziert. Es war Mitte Juni. Die verschobenen Jahreszeiten im Hochland, die anderen Jahreszeiten. Die Vereinsfahnen rechts und links vom Altar. Der aus zwei zusammengestellten Biertischen bestehende Altar. Die zwei Kerzen nach Vorschrift und der eine Asparagus. Auf einer Fahne las ich nur noch *Panier*, der Rest verblaßt. Auf der anderen las ich *Gott schütze Österreich*. Der Dirigent des Männerchores, mir unbekannt, dirigierte in einer einfachen Bewegung von oben nach unten, der Pfarrer, mir unbekannt, schritt mit gefalteten Händen zum Altar. *Das ist der Tag des Herrn*, sangen sie, hier und immer, wenn ein Tag des Herrn ist. Eine Mädchengruppe löste den Männerchor ab. Die sangen *Let My People Go* anstatt des *Kyrie eleison*, wackelten dazu mit den Hüften im Takt. Sie dachten, ich dachte, das gehörte dazu. Auch die übrigen Festgäste dachten so. Hielten den Vortrag für modern, hielten alles für modern, was ihnen nicht gefiel.

Der Pfarrer achtete darauf, daß die Mikrophone funktionierten.

Das Gloria vom Fanfarenzug der Freiwilligen Feuerwehr

Meßkirch. Der Pfarrer: *Wir singen alle mit*, doch es war nicht geübt worden, der Gesang brach schon nach einigen Takten ab, im Ansatz. Wer musikalisch war, summte noch eine Zeitlang mit.

Vor dem Zelt stand der Clowagen. Frauen gingen zu zweit zum Clowagen, auch während der Messe, aber mit Tasche, weil sie es nicht so lange aushielten im Stehen.

Nach der Messe fing das Fest erst richtig an. Die Musikkapellen aus der *engeren Heimat* spielten *beschwingte Weisen*, wie es angekündigt worden war. Die *Alten Kameraden*, den *Radetzkymarsch*, das *Bodenseelied*. Die Bedienungen hatten bei der Theke ungeduldig auf das Ende der Messe gewartet, und, kaum daß sie zu Ende war, waren sie schon mit ihren Bierkrügen unterwegs. Es gab nur Bier. Die Weibsbilder konnten auch Schorle weiß sauer haben, mußten aber bestellen.

Die aus der ganzen engeren Heimat zusammengeströmten Festgäste grüßten einander so artig und freundlich, wie es möglich war. Man freute sich über jedes bekannte Gesicht. Viele Rotgesichtige darunter. Auch ich. Spätestens nach dem zweiten Bier. Es heißt, ich werde dann streitsüchtig, aber in eine Schlägerei, die zu solchen Hammelläufen auf dem Heuberg gehört, war ich noch nie verwickelt.

Die freiwilligen Helferinnen, die im Zelt so gut wie die Schlägereien vor dem Zelt zu einem richtigen Hammellauf gehörten, hatten die Leckerbissen, die zum Mittagessen angeboten wurden, schon tagelang vorbereitet. Die Auswärtigen blieben auch über Mittag im Zelt, gingen höchstens einmal zur Schiffschaukel oder zum Clowagen. Im Zelt gab es *Rote* oder *Batzenwurst*, *Serbellen* und *Festdamen*. Festdamen hielten die Standarten der

Musikkapellen hoch. Immer zwei Festdamen auf einmal. Die eine hielt einen Feststrauß, rote und weiße Nelken in Asparagus, die andere das Schild der Musikkapelle, die gerade am Spielen war: *Trachtenkapelle Oberboshasel*. Festdame war ich nie. War nur für unverheiratete Mädchen. Schön sollten sie auch noch sein, waren aber nicht immer, erinnere ich, erinnere ich nicht.

Die freiwilligen Helferinnen hatten alles gut vorbereitet. Es lagen in Plastikwannen, wo sonst die Montagswäsche zum Aufhängen lag: *Herdepfelsallot,* halbe Hähnchen und andere schreckliche Wörter. Steaks. Keiner wußte, wie er sagen sollte: Steig, Steck oder Steg. Die Steaks waren vorgewürzt. Kein Koch macht das, auch ich nicht. Die Fliegen kamen aus den nahe liegenden Mistgruben. Es gab eine Vergiftung und einen Fall zuviel gegessen. Mein Nachbar Leo, der immer *Kraft*-Käse aß, weil er meinte, davon stark zu werden, mußte ins Malteserzelt. Er hatte drei Schnitzel nacheinander gegessen.

Andere behaupteten, während er im Zelt beatmet wurde, sie hätten schon fünfundfünfzig Mohrenköpfe auf einmal gegessen, ohne daß ihnen schlecht geworden sei. Am Nachmittag saß Leo schon wieder bei uns am Tisch und behauptete, es sei das schlechte Fleisch gewesen. Am Abend mußte der Krankenwagen aus Tuttlingen mit Blaulicht kommen und die *Lebensmittelvergiftung* abholen, wie die Ärzte dazu sagen, wenn jemand halbtot mit Magenschmerzen am Boden liegt. Irgendein Anfänger hatte Sonntagsdienst und mußte zum ersten Mal einen Magen auspumpen.

An den Tischen und Bänken wurde hin und her gestritten, wer die Verantwortung zu tragen habe. *Verantwortung*, ein Wort, das aus der Verwaltungssprache oder vom Fernsehen hier eingedrungen war. Die einen meinten, der Kartoffelsalat. Die anderen, die Plastikwannen. Herr Krössing, der Flüchtling aus Bessarabien (wo war das?), wollte bis vors Fernsehgericht gehen, um den Vorfall klären zu lassen. Zuletzt waren es auch noch *die Weiber*, die verantwortlich sein sollten.

Das war am Abend. Am Nachmittag war noch der Hammellauf, die aristokratische Form des Hasenlaufs. Ich lief nicht mit, war schaulustig. Als der Regen kam und der Hasenlauf gefährdet war, drohten einige Meßkircher, *man sei das letzte Mal auf dem Heuberg gewesen*, oder *man gehe jetzt in die Stadt zurück*, wenn der Hasenlauf nicht bald anfange.

Ein Platz von zwanzig Metern im Durchmesser, kreisrund, die Hasenlaufarena.

In der Mitte das Podest mit den zwei Hasen. Diese in einer Obstkiste. Daneben Melkschemel, Kaffeewärmer und Wecker. Die fünfzig durch Bezahlung von drei Mark zu solchen gewordenen Hasenläufer stehen an der Absperrung bereit. Die Musikkapelle Kreenheinstetten spielt einen Marsch, ich weiß nicht welchen, die Läufer ziehen in die Arena ein, zwei und zwei. Bekannte Gesichter darunter, ich sehe auch zwei aus Rast, zwei Witwen aus dem Zweiten Weltkrieg, die kein Fest auslassen, bis zum Oktoberfest in Mindersdorf, dem letzten erreichbaren Fest, von Rast aus. Der Schiedsrichter in der Mitte bei den Hasen (Kaninchen). Er hat den Wecker auf Klingeln nach vier Minuten eingestellt. Währenddessen gehen die Läufer im Kreis. Eine Schnur, von innen nach außen, die die Arena durchquert. Klingelt der Wecker, gewinnt den Hasen, wer gerade über die Schnur geht. So einfach ist dieses Vergnügen. Das ist der Hasenlauf, die vulgäre

Form des Hammellaufs. Blinde durften nicht teilnehmen, wegen der Schnur. Weil der Boden ganz durchnäßt ist, versinken die Läufer im *Knootz*. Während die Läufer ihren kleinen Kreis beschreiben, gibt es Gelächter außerhalb, weil der Wecker nicht klingelt. Weil der Wecker gar nicht eingestellt ist, müssen die fünfzig Läufer noch einmal gehen. Dann klingelt es sofort. Ein Auswärtiger, den niemand kennt, vielleicht ein Flüchtling, der den Hasen in Empfang nimmt und in einer fremd klingenden Sprache nicht einmal richtig *Danggkschään* sagen kann.

Den zweiten Hasen gewann eine Einheimische, der man den Gewinn aber noch weniger gönnte, weil sie eine *faule Miste* war, die im Sommer im Unterrock am Fenster stand. Nach einer halben Stunde war alles vorbei: kurzes Vergnügen.

Um acht Uhr begann das Festbankett. In Kreenheinstetten waren hohe Gäste angesagt. Der hiesige Markgraf sollte kommen. Er war der Schirmherr. Doch da man sein Gesicht im *Dagblatt* nicht so oft sah wie das des Landrats oder des Kommandanten des Fünften Regiments, erkannte ihn niemand. Königliche Hoheit, Schirmherr des 2. traditionellen Hammellaufs von Kreenheinstetten, Onkel von Königin Elisabeth, stand längere Zeit unbemerkt am Eingang des Zeltes und hoffte, dort abgeholt zu werden. Schließlich stellte er sich an der Festkasse mit *Baden. Ich bin der Schirmherr* vor. Man entgegnete ihm da: *Dees kaa jeder sagge, fünf Margk, no bischd dinne*. Er zahlte anstandslos (mit Anstand).

Er fand den Tisch der Ehrengäste. Der Bürgermeister von Kreenheinstetten fragte ihn, wo er so lange geblieben sei. Auch der Landrat von Sigmaringen fragte, wo er so lange geblieben sei. Ein Vereinsvorsitzender winkte vom Rednerpult herunter. Dann kam der Bürgermeister mit seinen *schwierigen Zeiten* und *Ich bitte nun den Schirmherrn, die Urkunden zu überreichen. Darf ich Königliche Hoheit bitten*. Der Markgraf war noch nicht von der Tribüne zurück, als die Kreenheinstetter Musikkapelle schon mit *Drei weiße Birken* einsetzte, einem langsamen Walzer. Bald war der Tanzboden voll. Es war kein besonderer Abend geworden. Auch im *Dagblatt* stand mit zweitägiger Verspätung nichts Besonderes. Unter der Überschrift *Zweiter traditioneller Hammellauf ein voller Erfolg* waren vier Photos zu sehen. Der Landrat mit den Siegern. Der Bürgermeister mit den Siegern. Eines von den Siegern mit ihren Gewinnen. Eines ins Zelt hinein, auf dem man so gut wie gar nichts erkennen konnte.

Heidegger

Wäre Mercedes Soza, eine Sängerin aus Argentinien, die auf eine Welt ohne Wohltätigkeitsveranstaltungen wartet wie ich auch, sowie auf eine Welt ohne Damen, die Wohltätigkeitsveranstaltungen besuchen, nach Meßkirch gekommen, niemand hätte gewußt, wer das ist.
Sie war nicht berühmt in Meßkirch.
Da aber der alte Heidegger kam, um seinen achtzigsten Geburtstag zu feiern, kamen alle, weil er berühmt war.
Sie kamen in die Stadthalle, wo sonst die Kürungen des berühmten Meßkircher Höhenfleckviehs stattfanden.
Ich saß als fünfzehnjähriger Schüler des Gymnasiums am

Schloßberg oben auf der Empore wie die anderen, die nicht verwandt waren. Unten saßen die fünfhundert Verwandten und die Anhänger aus aller Welt. Auch eine Prinzessin. *Auch eine Prinzessin war dabei*, stand im *Dagblatt*. Ich war fünfzehn wie die anderen Fünfzehnjährigen, aber es hieß, ich sei ein Philosoph, weil ich nicht gern turnte und gegen die Bundeswehr war.

Der Kreutzerchor sang *Das ist der Tag des Herrn*. Ein einheimisches Kreutzerensemble spielte den ersten Satz aus dem Septett in C-Dur. Als alle, die gerne gekommen wären, verlesen waren, auch die Grußadresse des Bundespräsidenten verlesen war, der gern gekommen wäre, wurde die Festschrift der Stadt vorgestellt. Die Meßkircher hörten den Namen Meßkirch jedesmal wieder neu. Stolz vernahmen sie, daß Meßkirch schon im Titel eines ganzen Buches erschienen war, »Die Sprache von Meßkirch« oder so. Daß der Redner über dieses Buch beinahe schimpfte, zählte nicht weiter. Bald ergriff Heidegger selbst das Wort. Er war mit kleinen Schritten die kleine Treppe emporgestiegen. Am Vortragspult erhob er die Hand, und der Beifall legte sich. Zum ersten Mal hörte ich seine seltsame Stimme *Magnifizenz* sagen. Gesehen hatte ich ihn schon oft. Ich war auch schon an ihm vorbeigegangen. Im Hofgarten, auf dem Weg zum Bus. Gewiß habe ich damals *Grüß Gott* gesagt. Ich sah auch, daß ich schon so groß wie Heidegger war, obwohl ich nur mittelgroß war. Jetzt sprach er selbst mit einer Stimme wie rohe Eier, poetische Sachen. Da ich mit fünfzehn gerade anfing, Gedichte zu schreiben, habe ich einige Wendungen aufgeschnappt und zu Hause gleich aufgeschrieben. Darunter waren *Der Schmerz ist der Grundriß des Seins* und *Das Schweigen ist der Dank des Alters*. Dann sprach er noch kurz über die Heimat und kehrte wieder nach unten zurück. Von der Trachtengruppe wurde ein Eimer Heuberger Schleuderhonig überreicht.

Ich saß oben und hörte und sah, was unten vorging. Ein Professor aus Japan, der von Japan nach Meßkirch gekommen war, um in Meßkirch zu sprechen. Sein *Del glößte Denkel seit Plato* nahm ich auch mit nach Hause. Niemand konnte mit diesem Satz etwas anfangen. Ich konnte mit diesem Satz auch nichts anfangen, obwohl ich den Namen Plato schon gehört hatte. Wach auf, mußte ich zu Rolando sagen, der neben mir schlief, es ist bald fertig. Eines Tages, sagte ich, wirst du sagen können, du hast den Professor aus Japan gesehen.

Nach allem gab es noch Wurst und Weckle.

Es gab das Meßkircher Heimatprogramm auf Meßkircherisch. Doch es hätte auch auf Sigmaringerisch oder Tuttlingerisch sein können, denn überall gab es dieselben Heimat- und Trachtengruppen. Auch waren diese öden Kleinstadtdialekte im badisch-schwäbischen Sibirien, wie diese Gegend von außen zur Beleidigung Sibiriens und zur Beleidigung der schönen Landschaft um Meßkirch herum bezeichnet wurde, überall gleich. Es gab kein Meßkircherisch mehr, das sich vom Sigmaringerischen irgendwie unterschieden hätte im Bösen oder im Guten. Es gab nur noch das Kleinstädtische, das ein Halbdeutsch und ein Halbschwäbisch war. Vielleicht war es auch einmal anders, doch ich glaube es nicht. Die Alten taten so, als ob es einmal anders gewesen wäre. Heidegger sprach selbst von der Heimat auf Hochdeutsch zu den anwesenden Landsleuten. Das *Dagblatt* brachte alles einen Tag später.

Wäre eine Delegation der Schweizerischen Kommunisti-

schen Partei, wenn es so etwas gibt, erschienen, hätte sie das *Dagblatt* auch verzeichnet. Aber sie kam nicht.
Hermle, der Bürgermeister, kündigte die Enthüllung einer Portraitbüste im Flachrelief am Mesnerhaus an. Dort hatte der Philosoph laufen gelernt. Das Wichtlinger Sträßle, das so hieß, weil es zu den Wichtlingern hinüberführte, sollte in Zukunft *Der Feldweg* heißen, nach Martin Heideggers berühmter Schrift *Der Feldweg*. Das weiß jeder in Meßkirch. Und am Abend wurde im Verlauf eines *Umtrunks* im Löwen der Wunsch laut, eine Heiligsprechung durch Rom möge baldmöglichst erfolgen.
Mit so schönen Sätzen im Kopf, die ich gleich aufschreiben wollte, fuhr ich zunächst einmal in den Straßengraben am *Feldweg*.
Unser Viehhändler Ignaz Heidegger, der unten in der zweiten Reihe saß, mußte mir ein Autogramm besorgen. Ich habe es bekommen. Eines Tages zog er es aus seinem Saumantel.

Im Sommer waren auch die Prozessionen

Ihre Fahnen und *Gegrüßet seist du Maria* unter freiem Himmel. Der Löwenzahn blühte dazwischen. Löwenzahnwiesen bis auf die Höhe von *Du bist gebenedeit unter den Weibern*. Dann die Stille bis zu *Heilige Maria*. Die *erste Station* war erreicht.
Es gab vier Stationen, die weit auseinanderlagen. Die Prozession konnte sich entfalten. Das Beschreiten des Kreises. Des Abstandes um die Kirche, die mitten im Dorf stand, auf einem Hügel, einem kleinen. Das Be-

schreiten des Kreises, identisch mit meiner Erinnerung.
Die Rückkehr zur kleinen Kirche mitten im Dorf, das
Ende der Prozession.
Die Prozession sollte nach mehr aussehen. Habermeier
wollte nicht, daß seine Schafe *zwei und zwei* gingen. Sie
sollten hintereinander hergehen, und sie sollten miteinander beten, abwechselnd, und dazu sollten sie aufeinander hören. Der Anfang der Prozession war beim *Gegrüßet seist du,* das Ende hinkte noch mit seinem *Und gebenedeit ist* hundert Meter hinterher.
Die erste Station, das Feldkreuz Richtung Wald, gleich
hinter dem Friedhof.
Es war mein Friedhof. Es war unser Friedhof. Unser
Friedhof ist ein Dreieck. Ein Dreieck in vier Teilen. Eigentlich ein Herz, ein stilisiertes Herz. Ein Ort mit drei
Zugängen, doch ohne Tor des Erbarmens (Gat-ha-ra-chamim, Jerusalem).
Es war von der Kirche aus nur bergauf gegangen. Die
alten Weiber, ohnehin ganz hinten, hinkten noch auf die
erste Station zu. Der Kirchenchor, gleich hinter dem
Himmel, sang schon das *Pange lingua*. Es war die Flurprozession zu Christi Himmelfahrt, an diesem Tag betete
man zu Gott, der im Himmel ist, um gutes Wetter, der
Ernte wegen. Habermeier gab den Wettersegen *Vor Blitz,
Hagel und Ungewitter*. In der Monstranz war ein Splitter
vom Kreuz, vergoldet. War er vergoldet?
Damit wurden die Leute und die Felder, auf denen sie
arbeiteten, gesegnet. Regnete es, blieb Habermeier in der
Kirche. Die Lieder wurden lustlos nacheinander abgesungen, fiel die Prozession ins Wasser. Habermeier und
seine acht Ministranten gingen dann vom Michaelsaltar
zum Otmarsaltar und zum Wendelinsaltar mit Rauchfaß

und Schiffchen. Habermeier in seinen Rauchmantel gehüllt. Der Rauchmantel, der Glanz meiner frühen Tage. Habermeier ließ seinen *Himmel* mitführen. Seine Gläubigen gingen in größerer oder geringerer Entfernung hinter dem *Himmel* her.

Ich war zu jung, die Dinge anders zu verstehen. Ich bin zu alt, die Dinge anders zu verstehen.

Keiner lästerte. Keiner fuhr mit dem Güllenfaß an der Prozession vorbei. Das war alles vor hundert Jahren, im Kulturkampf, als Rast noch altkatholisch war. Niemand wußte mehr davon. Die meisten konnten sich nicht einmal mehr an das Dritte Reich, den Zweiten Weltkrieg und die *Schlechte Zeit*, die auf ihn folgte, erinnern.

Vom Friedhof aus sah man den ganzen Heuberg. Er war der schönste von allen. War von Anfang an blau. Er reichte so weit meine Augen reichten. Paßte sich den Jahreszeiten an, reichlich wechselnd, von Weiß bis Schwarz bis Grün. Seine eigentliche Farbe war aber auch im Winter Blau.

Doch die Prozession war abgewandt vom Heuberg, hatte Habermeier, Himmel und Kreuz vor sich. Habermeier las *Betrachtet die Lilien des Feldes, sie säen nicht, sie ernten nicht und doch*, aber da blühten keine Lilien, sondern es war der gemeine Löwenzahn. Er gefiel mir weit besser als Habermeiers Lilien, Salomons Lilien, die ich nur vom Friedhof her kannte. Der Pfarrer hat das mit dem *nicht säen* und *nicht ernten* zwar vorgelesen, aber es hat sich niemand daran gehalten. Habermeier hat ihnen dabei auch nicht geholfen. Er gab höchstens einmal Dispens, und die Bauern durften auch am Sonntag arbeiten.

Es schellte. Die Monstranz kam unter den Himmel zurück. Die Prozession konnte weitergehen. Die Alten und

Dicken atmeten schwer. Sie kannten den Weg, der noch vor ihnen lag. Sie beteten den Glorreichen Rosenkranz, diese Prozession war ein Opfer. Keiner war je freiwillig zu Fuß unterwegs. Wer, wie ich, ohne einen Grund zu haben, durch die Felder ging, galt als rauschgiftsüchtig. Die *Städtler* sollen spazierengehen und alles schön finden, schön und interessant, wenn sie wollen, und dann in die Stadt zurückfahren. Aber nach Rast finden die sowieso nicht. Zu weit weg von allem.
Da gingen Kreuz und Fahnen voran. In der Mitte kam der *Himmel*. Ganz hinten die Frauen und die alten Weiber. Der Mesner mußte dafür sorgen, daß keine abhängte. Am ärgerlichsten waren Leute, die nicht im Takt gehen konnten. Nicht für mich. Aber für Fritz vom Kirchenchor und für Habermeier, weil das Im-Takt-Gehen mit dem *Himmel* besonders wichtig war. Zugegeben, es war nicht leicht, den *Himmel* an seinen vier Enden auf vier Stangen zu halten und gleichzeitig im Takt zu schreiten. Denn die vier Träger des *Himmels* mußten im Takt schreiten, damit der *Himmel* schön gespannt war. Habermeier ärgerte sich über Fone, jedes Jahr ärgerte er sich über ihn. Jedes Jahr wollte der kleine Fone unbedingt den *Himmel* tragen, obwohl er zu klein war, auf hohen Absätzen ging und nichts vorstellte, wie Habermeier sagte. Er war zu klein, um den *Himmel* zu tragen, und störte die Harmonie des *Himmels* nur. Der Fone kam beim Tragen nicht mit, wenigstens nicht recht mit. Er hielt seine Stange mit beiden Armen ganz hoch, der *Himmel* war dennoch nicht gleichmäßig *oben*, wo er hingehörte. Es war ein *Himmel* mit Runzeln. Kein *Himmel*.
Ich ging jahrelang hinter dem *Himmel* her.
Jetzt, unter einer Sonne, die anders scheint: die Prozes-

sion unter freiem Himmel. Im Anzug, schwitzend. Im Anzug auf den Feldern, die im *Wertighäs* bearbeitet wurden. Untertan gemacht wurden, wie es sein sollte, von Anfang und auch jetzt. Es war bald Mittag. Die Gläubigen hatten schon Hunger. Morgenessen um sieben. Mittagessen, Sonntagsbraten um elf. Gesichter, rote Gesichter, blinzelten, sahen ins Weite. Was gab es zu sehen? Habermeier schwitzte auch. Einerseits etwas mehr, andererseits etwas weniger. Habermeier hatte zwar seinen Rauchmantel, doch er hatte auch seinen *Himmel* über sich, und in dessen Schatten konnte er getrost wandeln. Die Herde hatte keinen Schutz.

Die zweite Station bei der Falltorgasse, bei der Burg, bei der Burgruine. Dort, wo die Burgruine war, vielleicht. Die Falltorgasse endet heute nicht am Burgtor, sondern am Kreuz der zweiten Station. Zwei große Kastanien, kaum hundert Jahre alt, rechts und links von diesem Kreuz. So schnell wachsen sie. Hier fing auch das Neubaugebiet an. Das sogenannte Neubaugebiet bestand anfangs aus zwei Einfamilienhäusern. Der Architekt muß dabei aber noch eine Familie alten Stils im Auge gehabt haben. Der ortsansässige Architekt, der auch noch Vogelhäuschen konstruierte und nebenher, das heißt jeden Abend zwischen fünf und sieben, auch noch in den Stall ging, um die Kühe seiner Frau zu melken, und anschließend noch mit dem Traktor zur Molkerei fuhr, als Rast noch eine Molkerei hatte, ist später von anderen Architekten verdrängt worden. Aber angefangen hat er. Er machte, so scheint es, alles nebenher. Dieses Ortsende gibt es nicht mehr.

Auch die Flurprozession zu Christi Himmelfahrt wurde aufgegeben. Die Jahre, in denen man noch einen Kreis im

Neubaugebiet drehte, bin ich nicht mehr mitgegangen. Habermeier wollte zwar wieder hinaus, in die Fluren. Seine Gläubigen wollten nicht so weit gehen. Die Kirche, die mitten im Dorf geblieben war, lag jetzt am Ortsende, vom Neubaugebiet aus gesehen. In der Sitzung des Pfarrgemeinderats, in der sich Habermeier die Meinungen anhörte, um dann das Gegenteil zu tun und sich auf alle möglichen Arten an der anderen Meinung zu rächen, hatte Lorle, wie ich von Lisl wußte, vorgeschlagen, man könnte auch mit Bussen hinausfahren und dann gehen. Die Feldkreuze müßten natürlich weiter hinaus gelegt werden. Habermeier hörte sich die Idee mit den Bussen nur deswegen zu Ende an, um Lorle ins Protokoll eintragen zu lassen.

Das Verlegen der Feldkreuze kam überhaupt nicht in Frage. Zwei dieser Kreuze standen jetzt schon in Vorgärten des Neubaugebiets, zu deren Zier, wie ich annehmen muß. Denn es gab in Rast *auf einmal* auch Vorgärten, Rasen und Forsythien. Im Jahr, als Rast dann zum ersten Mal am Wettbewerb *Unser Dorf soll schöner werden* teilnahm, regte Dippel, der Bürgermeister, in der Verwaltungspraxis *großgeworden* (Landratsamt: Hunde- und Katzensteuer, BAföG), Verbesserungen an. Die Besitzer der Feldkreuze sollten diese einheitlich hellblau streichen. Das war *Eigeninitiative*. Diese *echte* Verbesserung wurde im Gemeindeblatt gelobt. Der Denkmalspfleger, aus Tübingen angereist, verlangte, die Verbesserung rückgängig zu machen. Er kam nur, um zu sehen, was noch zu retten war an Rast (in den meisten Dörfern Oberschwabens, die er zu visitieren hatte, war gar nichts zu retten übriggeblieben). Die Kreuze sind heute noch blau, sind längst wieder, noch einmal blau gestrichen.

Der Denkmalspfleger hätte alle Aluminiumtüren, alle Rolläden, alle Plastikdächer entfernen lassen müssen. Er hätte, um etwas zu retten, fast das ganze Dorf abreißen lassen müssen, um es anschließend zu rekonstruieren. Es war nichts mehr zu machen. Am wenigsten an den Einwohnern, deren Vorfahren schöne Häuser gebaut hatten, um in ihnen zu wohnen.
Vom zweiten Feldkreuz aus konnte man den *Buchemer Hans* sehen. War als Turm stehengeblieben. Die Kirche, die dazugehörte, war im Dreißigjährigen Krieg von den Schweden, wie es heißt, vielleicht waren es auch die Schweizer oder die Franzosen, zerstört worden. Im Süden lag der Säntis, unser Berg. Daneben die Alpen. Die neue Fabrikhalle. Ein Richtfest war nicht nötig, das Haus blieb ohne Dach. Die einzelnen Teile auf- und nebeneinandergestellt, von Bauen keine Rede mehr.
Dinge, die im Vorbeigehen zurückkommen.
Bei der dritten Station. Die Prozession hat den entferntesten Punkt erreicht und macht sich wieder auf den Rückweg.
Dieses Kreuz, das unter einer Linde steht.
Die Linde, die jetzt eingegangen ist, *Oh Wanderer*, mit einem elegischen Distichon, im Sockel eingelassen, von meinem Urgroßvater verfaßt. Nun ja, der Wanderer ist ein Wanderer, ist also nicht mehr hier. Ist dort. Der letzte Apfel, den du zur Reserve im Tornister hast und auf den du dich freutest, wird faul sein. Als ich siebzehn war und auf dem Tanz Paßbilder austauschte, und als ich sechzehn war, einen Tag nach meinem ersten Kuß breitbeinig mit der kleinen Honda den Schloßberg hinauffuhr. *Alles* lebte noch, angefangen mit den Großeltern, den Geschwistern der Großeltern, angefangen mit meiner Katze

Gigi. Vor mir standen zwei Generationen um das Feldkreuz der dritten Station.
Das Kreuz war von meinem Urgroßvater errichtet worden, der nebenher auch Dichter war und das elegische Distichon *Oh Gast, oh Wanderer* anbringen ließ, siehe oben.
Meist blühte schon der Flieder zur Zeit von Christi Himmelfahrt. Weißer und blauer Flieder stand in Wassereimern auf beiden Seiten des Kreuzes. Vor der Prozession war Gerda noch zum Kreuz hinausgefahren und hatte den Flieder in diese Eimer gesteckt, die keinen Halt hatten und auch umfielen. Auf den Tisch für die Monstranz kamen zwei Kerzenleuchter und unsere Madonna. Die Madonna hatte meine Mutter von Freile Hafner geerbt, die schon damals, wie Oma mir sagte, mehrere Sprachen fließend sprach. Freile Hafner hatte, neben einem Flügel, der alsbald weggegeben wurde, einem Acker und anderen Kostbarkeiten, auch diese Madonna in Fast-Lebensgröße hinterlassen. Vor ihr wollte ich jahrelang eine Madonnenerscheinung erzwingen. Ich meinerseits wollte ein Heiliger werden oder wenigstens als heiligmäßig gelten.
Die dritte Station war schnell hergerichtet, sah man. Bei der Prozession stand Gerda mitten unter den sogenannten Gläubigen. Dieses Mensch hätte genug Zeit gehabt, das Kreuz anständig herzurichten. Die Weiber tuschelten. Gerda ist eben eine *faule Miste*. Die Winke mit dem Kopf sollten heißen: *Lueg emol do na! Me woist wohl au! Dere kehrt d'fir dau! So uine kehrt nanderno gschdelld!*
Bald war Habermeier wieder bei seinem *Von Blitz, Hagel und Ungewitter*. Er nahm seine Monstranz unter den

Rauchmantel und gab den Trägern des *Himmels* ein Zeichen, es solle jetzt weitergehen.
Es ging nicht mehr weit. Die vierte Station wurde in der Kirche abgehalten.
Rechts am Weg noch eine kleine Votivtafel zur Erinnerung an Frau Magdalena Hahn, die Mitte des vorigen Jahrhunderts oder hundert Jahre vorher an dieser Stelle tot umgefallen war. Ich weiß nicht mehr. Kann auch nicht mehr nachschauen, der Stein ist weg. Die wohlgeborene Maria Magdalena und ihr Gedenkstein, von ihrem nun auch verstorbenen Gemahl zum ewigen Gedenken errichtet. Oh Wanderer. R.I.P.
Wenn ich blind werden sollte, werde ich auch so den Weg zurück in die Kirche finden. Die Glocken genügen mir schon. Sie hängen zwanzig Meter über dem Boden. Die Stiegen im Glockenturm waren brüchiges Fichtenholz. Der Turm sei aus der Karolingerzeit. Das will ich gerne glauben. Die Glocken mit ihrem *Dasz Got allen helf uz Not* läuten seit 1551 aufs Dorf herunter, und wie's geholfen hat, weiß ich nicht. Seither war in Rast die Zeit der Glocken. Es war zwölf, wenn diese Glocken zwölf schlugen.
Die Prozession war schon fast in der Kirche zurück. Die Prozession betete immer noch den Rosenkranz, laut gegen- und durcheinander. *Jetzt und in der Stunde unseres Todes. Jetzt und in der Stunde unseres Todes. Jetzt und in der Stunde unseres Todes.* Die Fahnen wurden *längs* gehalten beim Einzug. Der Organist war über die Wiesen vorausgeeilt und setzte mit dem *Te Deum* ein im Augenblick, als der *Himmel* in die Kirche eingelassen wurde. Der Mesner war zusammen mit dem Organisten über die Wiesen vorausgeeilt, um die Glocken auf *voll* zu stel-

len (Knopfdruck genügte). Sie läuteten von selbst. Es war dunkel, als man aus der Helle zurückkam, und es war kühl, und ich war Gott sei Dank nicht der Palmesel.

Unser Sauhändler hieß Naze

Unser Sauhändler hieß Naze. Er kam am Sonntagabend. Sein Sauwagen sah wie ein U-Boot aus. Fahren konnte er noch damit, aber beim Laden konnte er nicht mehr helfen. Dafür war er zu alt. So ließ er die zwei, drei, vier Schweine an Schwanz und Ohren herbeiziehen und stellte sich am Stalltürchen auf. Mit seinem frisch gewaschenen, seinem grauen Viehmantel, mit seiner Baskenmütze, mit seinem Bärtchen. Mit seinem Elektrisierer in der rechten Manteltasche. Das ist ein kleines, längliches Gerät, wie eine Banane, die elektrische Stöße abgibt. Der Naze hatte sich das Ding angeschafft, als es im Viehhandel noch nicht verboten war, mit Elektrisierern zu arbeiten. Doch so ein Elektrisierer war ganz harmlos: Er sollte doch nur Schweine, die nicht weiterwollten, zum Gehen antreiben, diese widerspenstigen Biester.
Der Naze schaute zufrieden durchs Stalltürchen in den Stall hinein. Den Stall betrat er nicht. Er hatte sich seine Schweine schon vor einigen Tagen ausgesucht. Erkannte sie an der Klemme im Ohr. Hatte sie mit seinem Knipser festgemacht und sagte uns, wie wir die Sau am besten in den Wagen bekämen: *De mond nu a nan'n o fasse und it no gia.* Ich hätte gerade ihn gebraucht, wir waren zu zweit, es fehlte der dritte Mann für das linke oder rechte

Sauohr. So hatte ich beide Ohren. Der Naze kam bei uns selten in den Handel, weil er nur *acht under Schduegedt* bot (acht Pfennig unter Stuttgarter Schweinebörsepreis pro Kilo) und weil er nur zwei, höchstens vier Schweine abnahm, eine lächerliche Zahl heutzutag. Die Verkaufskontingente, wie es heißt, fangen bei zehn Stück an. Dann kam er mit seinem Sauwagen am Sonntagabend angefahren, ich mußte in den Hof, um ihm beim Einweisen zu helfen: Er wollte direkt vor die Stalltür fahren. Dann hatte ich beide Sauohren in den Händen, zog einmal mehr am linken, einmal mehr am rechten, ich rückwärts, die Sau vorwärts durch den Stallgang, und mußte achtgeben, daß ich nicht über den Türrahmen stolperte und sich die Sau ein Bein brach. Dann hätte es nur eine Notschlachtung gegeben. Der Naze nahm seinen Elektrisierer, die Sau rannte von selbst in den Wagen, wir brauchten die schwere Dreizentnersau nicht die steile Bahn hinaufzuziehen.

Der Naze suchte sich immer die dicksten Schweine aus, die Konkurrenz wollte mager. Der Naze wollte dick, mit Kartoffeln gefütterte Schweine, nicht unter zwei Zentner. Er hatte Privatabnehmer, Liebhaber von fettem Fleisch, er fuhr mit seinen Schweinen durch halb Süddeutschland. Der Naze zahlte zwar nur *acht under Schduegedt*, nahm aber sogar fette Losen, welche die dicksten und ältesten Schweine sind, Mutterschweine.

Die zwei Schweine waren bald im Wagen. Ganz anders als das Vieh, das ausschlägt. Ich nahm noch kurz den Besen in die Hand, fegte den Stallgang sauber, stellte den Besen wieder an seinen Platz, hängte den Stallmantel in seine Ecke und schaute noch einmal nach dem Rechten. Der Lärm im Stall hatte sich gelegt. Kein Quieken mehr.

Die Schweine vergessen schnell. Nichts Schlimmeres als ein Rudel quiekender Säue in Aufruhr, etwa, bevor man mit dem Futter kommt. Kennen Sie das? Ich machte das Stallicht aus.
Der Naze hatte das Gatter verriegelt, zog sich in seinen Führersitz, schnaubend und sogar etwas grunzend. Er machte seine Arbeit schon seit der Schlechten Zeit. Damals hatte er angefangen. Ich setzte mich zu ihm in den Führersitz, mußte noch mit zum Wiegen. Naze drehte die Scheibe herunter und rief noch: *I kum no emol dia ibbernäschd Woche*, ohne sich weiter zu verabschieden.
Waage und Waaghäuschen standen gegenüber vom Löwen. Der Waagmeister mußte noch abgeholt werden. Er kam und half beim Ausladen. Die Schweine wurden zusammen gewogen, war bequemer, der Waagmeister half. Naze stand im Waaghäuschen und schaute durchs Gitterfenster, um zu sehen, was draußen vorging. Er war mißtrauisch und gutmütig, eine seltene Mischung. Daß er mit Martin Heidegger verwandt war, blieb der einzige Stolz seiner späten Jahre. Die Leute wußten, daß er mit Heidegger verwandt war, und er galt auch deswegen als gescheit, obwohl er schon vor Jahren mit dem Sprechen aufgehört hatte und so gut wie gar nichts mehr sagte. Ja, er galt als besonders gescheit, weil er gar nichts mehr sagte. Das einzige, was er noch gelegentlich am Stammtisch erzählte, war, daß Mahte, der Philosoph, wieder geschrieben habe. Wenn Fritz ihn besuchte, er kam mit dem Fahrrad aus Meßkirch angefahren, fuhren die zwei mit dem Sauwagen in den Rosengarten, und Fritz erzählte das Neueste von seinem Bruder.
Der Naze schaute mißtrauisch durch das Waaghäuschenfenster. Kein Schuh und kein Besen und außer den

Schweinen nichts auf der Wiegefläche, die Sau hatte Gott sei Dank noch im Wagen geschissen, ein Kilo weniger. Dennoch machte der Naze ein unzufriedenes Gesicht. Auch ich machte ein unzufriedenes Gesicht, obwohl das Gewicht ja auf der Skala für uns beide abzulesen war. Naze fuhr fast beleidigt vom Waaghäuschen aus Richtung Heimat.

Dort hatte ihm seine Frau im Keller ein schönes Zimmer eingerichtet. Weil er fast das ganze Jahr mit Schweinen unterwegs war, mußte er für sich übernachten. Aber zum Essen durfte er nach oben, an den Tisch. Längst hatte sich der Naze daran gewöhnt, wenn er auch lange nicht einsehen wollte, warum er ausgerechnet im Keller wohnen sollte. Hatte er nicht das ganze Haus von seinem Schweinegeld gebaut? Aber es war ja auch kein Keller, wo er wohnte, es war längst ein Wohnkeller mit allen Bequemlichkeiten geworden. Sagte er.

Die Alte wohnte oben und nahm die Aufträge entgegen. *Jo de kunt morn. 's ischd readt. I schiggn no vebei.* Naze hatte schon seit den fünfziger Jahren ein Telephon, viel früher als die anderen. Sie hatte einen Telephonschlüssel, den sie nicht aus der Hand gab. Der Naze selbst wußte gar nicht, wie man telephoniert. Er hatte es noch nie probiert. Er hatte den Antrag unterschrieben, sein Name stand im Telephonbuch, eine dreistellige Nummer, wie auf dem Land üblich: Ignaz Heidegger, Viehhandel und Landartikel.

Elvira Heidegger schickte ihren Mann auch zum Auszahlen des Saugeldes auf die Höfe. Am Dienstagabend kam Naze zur Tür herein. Es war keine Klingel an der Tür, und das Haus wurde auch nicht abgeschlossen. So konnte jeder, der wollte, ungefragt bis vor die Stubentür gelangen. Bettler, Hausierer, Spioninnen und auch der Naze. Es klopfte. *Do kunt ebber*, hieß es in der Stube. Der Naze kam herein. Kinder sagten, wenn es klopfte, *Herein, es wird ja wohl kein Geißbock sein*. Es gab eine Nuß dafür. Der Naze stand im Türrahmen, *so ez isch readt*, hieß es. Er legte seinen Geldsack auf den Tisch. *Gang hol en Moschd*, hieß es, *O nui, huit kuin Moschd*, hieß es, *i moß no fahre. Asso a Flasche Bier? Jo, sell goat*.

Der Naze saß beim zweiten Bier. Der Geldsack lag auf dem Tisch. Der Sauhändler schaute im frisch gewaschenen Viehmantel zum Fenster hinaus, in den Garten. Er saß schon eine halbe Stunde mit heiterer Miene, wissend, und hatte schon zweimal gesagt *'s geit nint neis*, und schon zweimal gefragt *Ez wi gozene?*

No wemmer emol ouszahle. Ez wa muindsch, wevel das de glesd hoschd? Jo Schduegedt hot no zwoi Pfennig aazogge, und er nahm ein Bündel mit Zwanzigmarkscheinen. Im Geldsack klimperte noch das *Minz*. Die Nazin hatte alles genau abgezählt. Naze blätterte sehr geschickt das Geld durch, er ließ die Scheine durch die Finger laufen, sehr geschickt, und er feuchtete seinen dicken Daumen mit herausgestreckter Zunge an, ohne sie zurückzuziehen, und zählte nickend weiter. Als er fertig war, legte er sein kleines Bündel auf den Tisch und hielt seine dicke Hand drauf und schob den Betrag über den Tisch hin mit der Bemerkung *Deschd a Geld, do nimm's!*

Damit der Naze nachher noch in den Rosengarten gehen konnte, bekam er noch ein paar Mark Sackgeld. Für zwei Halbe reichte es. Er steckte es wortlos ein, stand auf und sagte: *So ez luege no in Stahl*, um zu sehen, welche Schweine für den nächsten Sonntag in Frage kämen.

Wenn er gut aufgelegt war, erzählte er auch, was er Neues von seinem Vetter wußte. Ich holte Naze daher gern Moschd und Bier aus dem Keller, wenn er kam, denn dann erzählte er besonders gern von Heidegger, und schon als Kind wollte ich mehr von Heidegger wissen. Ich fragte Naze immer wieder, hatte ihn im Sauwagen gefragt, auf dem Weg zur Waage, aber ich erfuhr meist nur, *daß er saugscheid sei und scho früher mordsmäßig gscheid war.* Nach dem Auszahlen, auf dem Weg in den Stall, fragte ich auch wieder: *Honder widdr eppes vom Heidegger g'hert?* Naze sagte nur: *Er ischt weltberühmd.* Das Licht wurde angemacht, und die Schweine wurden aufgestöbert. Naze zeigte mit einem Stecken auf zwei Exemplare, die im Trog lagen, *Jo, die selle kennded soweit sei.*

Er verabschiedete sich durch das Stalltürchen, hievte sich in seinen Opel Blitz und fuhr Richtung Rosengarten hinaus.

Jakob der Haarschneider

Zum Jakob gehen. Zum Friseur gehen. Ins Nachbardorf gehen. Über die Grenze gehen. Sicher in den Straßengraben legen, wenn ein Fahrrad kommt. Warten, bis der böse Onkel vorbeigefahren ist.

Was er von mir gewollt hätte, weiß ich nicht. Ich dachte, er wollte mich mitnehmen. Es hieß, daß der böse Onkel auch manchmal nach Rast komme. So ging ich nie allein über die Grenze zum Jakob. Ich hatte immer einen Begleiter, wenn es auch nur der kleine Nachbar war.

Beim Jakob wartete ich auf den Jakob, bis ich an den Jakob kam. Vorher die Angst auf dem Weg zum Jakob, mitgenommen zu werden wie Friedel, der letzte Knecht in Rast. War von einem vorbeifahrenden Zirkus mitgenommen worden. Wie mir gesagt wurde, ist er bald darauf von einem Löwen gefressen worden. Zuerst angefressen. Aber Friedel war ja nicht ganz bei Trost. So etwas konnte nur ihm passieren.
Der Löwe kommt zurück. Ich bin auf dem Weg zum Jakob. Ich weine nicht, wenn mir das Haar geschnitten wird. Das Rasiermesser tut nicht weh. Es geht bis zu meiner höchsten Erhebung. Da, wo ich am größten bin, rasiert der Jakob alles weg. Was übrig bleibt, ist ein Igel. Jakob macht alle zwei Wochen einen Igel aus mir. Oben ein paar Wirbel. Mein Haar, mein Kopf sei widerspenstig, sagte er.
Das war alles in der Zeit, bevor ich ein Gammler war. Wenige Jahre später zählte ich zu den Gammlern. Ging nicht mehr zum Jakob. Ich sah, daß mein Haar blond war. Zu schade für Jakobs Besen.
Jakobs Bierflasche steht auf dem Waschtisch.
Wenn nur Kleine beim Jakob waren, stand die Bierflasche auf dem Waschtisch. Waren Alte da, ging Jakob zwischendurch Hühner füttern, und es hieß, er sei ein Säufer. Wenn er schöne Geschichten erzählte, die ich nach Hause brachte, hieß es *du Lugebeitel*. Ich konnte seine Geschichten, meine Lügen nicht zurückhalten. Auch ich log ihn an, weil er aus mir einen Igel machte. *Pabschd werre*, sagte ich. Konnte mit der Innenfläche meiner Hände meinen Igel ausfindig machen, das ausrasierte Genick.
Seit er gestorben ist, gehe ich anderswohin zum Jakob. Er

hat den Krieg überstanden, trotz seines Namens. Aber ich hatte doch immer eine kleine Angst im Genick. Das Messer zitterte an meinem Genick. Vater und Großvater gingen zu anderen Jakoben.

Habermeier

Habermeier, der Pfarrer, konnte mir die Dreieinigkeit nicht erklären. Er sagte: Dafür bist du noch zu klein. Aber auch sonst war er ganz schön bescheiden. Später haben die Pfarrer mit ihrem Latein aufgehört. Sie können kein Latein mehr. Tragen grobmaschige Meßgewänder. Ich wünsche ihnen einen besseren Modeberater. Unser Herr Pfarrer wohnt irgendwo anders. Er fährt seine Gemeinden der Reihe nach ab und sagt ihnen: Gerade du brauchst Jesus. Dazwischen fährt er in Urlaub und photographiert. Mit den Ministranten fährt er nach Sizilien. Mit der Polengruppe fährt er nach Polen. Mit den Pilgern macht er einen Pilgerflug nach Jerusalem. Früher kamen die Franziskaner noch, die Zigeuner, die bettelten von Haus zu Haus. Die Franziskaner bekamen einen Zentner Weizen mit und zwei Ministranten, die haben beim Einsammeln geholfen. Von der Wallfahrt nach Jerusalem sprach der Pfarrer auf dem Friedhof, mit einer halben Schaufel Boden dazu: in paradisum. Zum Paradiese mögen Engel dich geleiten, bei deiner Ankunft Märtyrer dich begrüßen in der heiligen Stadt Jerusalem. So hat der Pfarrer Lisl zugerufen, Lisl und allen, die vorher nie in Jerusalem waren.

Das Jahr über sprach Habermeier die Armen selig. Die

Verfolgten und die Unmündigen, selbst die Einfältigen, von denen mir bis dahin ganz wenige begegnet waren. So kam ein Satz zum andern und ach, diese Gegensätze.
Habermeier sagt: Du hast einen guten Schutzengel. Habermeier sagt: Sei dankbar, daß du soviel mitbekommen hast. *Mit* betont er, wie sollte es anders möglich sein. Die andern hätten auch etwas mitbekommen, alle haben etwas mitbekommen, sagt er, von oben. Er zeigt nach oben, wo der Himmel ist.
Der Teufel ist Freile Hafner in den Bauch gefahren. Wir proben für den Weißen Sonntag. Wir bekommen Ohrfeigen für die Kerze in der falschen Hand. Die Hauserin rennt auf der Mannsbilderseite aus der Kirche. Wir beten den Engel des Herrn. Die Hauserin hat eine Madonna unter dem Arm. Der Habermeier rennt ihr nach, er kann rennen. Die Hauserin versucht, die Madonna ins Güllenloch neben der Kirche zu werfen. Sie ist nicht richtig geweiht. Habermeier kann das Schlimmste verhindern. Die Hauserin kommt auf die Reichenau. Verrückte kommen auf die Reichenau oder hängen sich auf dem Heustock auf. Freile Hafner kommt von der Reichenau zurück. Der Dämon ist immer noch bei ihr. Er verbietet ihr, die Kirche zu betreten. Er verbietet ihr vieles andere. Jedesmal, wenn sie auf dem Weg zur Kirche ist, quieken die Dämonen *Hu-re, Hu-re, Hu-re* aus den Glocken heraus. Sie muß sich die Ohren zuhalten.
Sie spuckt Habermeier ins Gesicht.
Habermeier kommt zum Weißsonntagsbraten.
Habermeier sagt Vergeltsgott.
Habermeier kann mir die Dreifaltigkeit nicht erklären.

*Fräulein Hermle hat mich für ihr Stück
zum Schulfest 1965 vorgesehen*

Ich soll von links nach rechts über die Bühne schreiten. Ich soll in der rechten Hand einen Luftballon und in der linken die kleine Luitgard halten. Ich soll elfjährig einen Zwölfjährigen spielen. Böse Mädchen stechen in den Luftballon. Nachher, das Herz aus Wachs, soll ich weinend auf der Bühne zusammenbrechen. Dazu soll ich auf englisch singen *I Had A Rubber Balloon Almost As Big As The Moon* und die Größe des Mondes durch Handzeichen ausmalen. Ich verstehe kein Englisch. Ich habe eine schöne Stimme. Im Luftballon ist keine Luft. Der Luftballon platzt nicht. Ich ziehe ihn hinter mir über die Bühne. Die bösen Mädchen lachen nur. Ich könnte weinen.
Im selben Jahr soll ich für Herrn Nubel von der ersten Reihe des Martinssaales aus ein Liebeslied aus dem Wilden Westen singen. *Oh My Sal She Am A Maiden Fair*. Ich glaube, die haben ihren Spaß mit mir.
Ich möchte zurück in den Kindergarten.
Schwester Maria Radigundis hat mich in die Welt geschickt, das Gipshändchen ist nur eine kleine Erinnerung. Die Erinnerung ist ein großer Bogen. Großer Bogen, kleine Erinnerung.
Claudia steht an der Lehrerzimmertür. Fräulein Hermle hat ihre Tasche vergessen. Claudia ist eines von den bösen Mädchen. Sie verlangt Fräulein Hermle. Fischer sieht, daß die Hermle warme Unterhosen trägt. Auch die Brille ist in der Tasche. Zur Strafe darf Claudia das böse Mädchen nicht spielen.

Dieser Fratz ist für mich gestorben, denkt sie.
Die Hermle wechselt das Gebiß. Ich soll lauter singen und Richtung Mond schauen, sagt sie.
Dasselbe Händchen griff daneben.
Mami haute ihm auf die Pfoten.
Der Schmerz ist einsilbig.
Der Zwitze war kein richtiger Mann, aber auch keine richtige Frau. Das beste für ihn wäre gewesen, wenn er nie geboren worden wäre. Im Lauf der Jahre hat er schon mehrfach versucht, sich das Leben zu nehmen. Er hätte sich vor den Zug geworfen, wenn es den Zug noch gäbe. Einmal sprang er vom Schlafzimmer aus in den Garten. Als die Italiener im Pfarrhaus waren, lief er auf und ab und schaute auf die andere Seite. Bald war er auch zu Gast im Pfarrhaus. Der Zwitze bekam von den Italienern einen neuen Namen, den er heute noch hat. Er heißt jetzt auch noch Frosch. *Ke frotsch*, lachten sie. Die Mädchen schauten alle, aber der Frosch blieb der einzige, der im Pfarrhaus verkehrte. Und Sie werden es nicht glauben: Der Frosch hatte sogar einen Sohn und eine Frau, so lange, bis seine Alte herausgefunden hatte, daß er gar kein Mann war, sondern ein Zwitze, den man, seit die Italiener im Pfarrhaus waren, Frosch nannte.
Frosch bleibt Frosch.
Andrea trug rote Hosen.
Auch nachher, als er nicht mehr zu Andrea ging und gebeichtet hatte, daß er zu Andrea gegangen war und bei ihm wie bei einer Frau lag, hat er seinen Namen behalten.
Frosch war der erste, der vom Dorf aus verreiste. Erst waren es Eintagstouren in das Kleinwalsertal, mit einer Übernachtung. Er war auch der erste, der Paris gesehen

hat nach dem Krieg. Ich wollte, daß Frosch mir von Paris erzählte. *Z'Paris isches schä*. Einzelheiten konnte ich nicht herausbringen.
Und: Dafür bist du noch zu jung.
Und: Ein Tag war schöner als der andere, übersetze ich nachträglich seinen Gesichtsausdruck.
Jetzt reist er ich weiß nicht wohin, das Herrentäschchen hat er noch, den Namen hat er noch und sitzt am Sonntag im Café Becher in Meßkirch. Die anderen, die auf sich halten, sitzen am Sonntag auch mit ihren Weibsbildchen im Café Becher und gönnen sich dessen berühmten Bienenstich und lassen sich von Frau Café Becher von Heidegger erzählen. Frosch besucht dann und wann Heideggers Schwager, der weit und breit die schönsten Tischdecken stickt, und läßt sich die neuesten Arbeiten zeigen. Beim ersten Sonnenstrahl im Juni sitzt er mit überkreuzten Beinen auf dem Campingstuhl vor seiner Haustür.

Nicht dingfest zu machen

Eine der Eigenschaften des gleichmäßig verteilten Schmerzes.
Wenn ich in die Erzählung zurückfalle und am Namen *de Wolf* hängenbleibe. De Wolf war nämlich gar kein Wolf, sondern ein Selbstmörder, der als Mörder angefangen hatte. Er schoß die Rose vom Fahrrad und erhängte sich an dem Tag, als ich getauft wurde. Auch vom Wolf ist außer dieser Geschichte nichts übriggeblieben, und die Rose starb noch im Hof, neben dem Fahrrad.
Wegen guter Führung wurde der Wolf schon vor der Zeit

aus dem Zuchthaus entlassen und kam nach Rast zurück. Wolf hatte die Rose vom Fahrrad geschossen, weil sie Geschichten über ihn verbreitete, die er nicht anders klarstellen konnte. So ließ er sie eines Tages auf seinen Hof kommen.

Fritz hängte ihn ab, weil er der erste war, der ihn hängen sah. Ein Glück, daß er nicht in den Krieg mußte, so hat er wenigstens den Krieg überlebt und konnte zu Hause sterben, auf dem Heustock. Und besaufen konnte er sich auch noch dazu. Der Wolf kam ja für den Krieg nicht in Frage. Er war dafür nicht würdig genug. Auch Isidor war nicht würdig, denn er hatte sein Haus angezündet und zählt seither zu den Verrückten. Eines Tages wurde er in ein Heim abgeholt, von dem er nie zurückkam. Er sei an Herzversagen gestorben. Der Postbote brachte den Brief. Wäre Isidor *ehrenhaft* gestorben, wäre der Schultes gekommen und hätte den Brief gebracht.

Wegen Pyromanie. Diese Leute heißen Pyromanen, die anderen heißen Soldaten. Sie gehen aufs Feld der Ehre und kehren unter Umständen von ihm zurück. Sie verheizen ihresgleichen oder werden von ihresgleichen verheizt. Stecken die Welt in Brand und kehren zurück wie Lisls Mann, Lisls Schwager und die anderen. Einige von ihnen haben irgendeine Auszeichnung dafür bekommen, weil sie nicht mehr gleichzeitig mit beiden Beinen auf der Erde stehen können.

Auch Herr Bantle war nicht würdig, weil er damals schon hinkte. Sonst gab es aber wirklich keine Unwürdigen mehr. Ich weiß alles nur vom Hörensagen.

De Wolf – ich weiß nur, daß er ein Mörder war und alles falsch gemacht hat.

Der Stehlratz hat nichts zu lachen

Er hat im Dorf noch weniger zu lachen als die Kleptomaninnen.

Die Polizei fährt aus Richtung Meßkirch ins Dorf, hinter dem Stehlratz her. Noch im Hof muß er seinen Kofferraum öffnen und die Ware vorzeigen. Paula sieht alles vom Fenster aus. Sie nimmt das Telephon und erzählt Teres, was sie gerade sieht. Polizei und Stehlratz verschwinden im Haus. Unter dem Türrahmen bekommt er von seiner Frau eine Ohrfeige. Dämmerung. Paula sieht, wie das Licht angeht. Das Polizeiauto steht immer noch vor dem Haus. Das Licht im zweiten Stock geht an. Gibt es eine Hausdurchsuchung? Paula sitzt im Dunkeln. Teres will immer noch wissen, was vorgeht.

Er hat schon wieder gestohlen. Dieses Mal im Albrecht. Er ist schon vorbestraft. Er ist schon mehrmals erwischt worden. Zuerst waren es die Nägel, die er beim Werkzeugmacher mitlaufen ließ. Dann war er nachts mit den Scheinwerfern eines Opel Blitz in Paulas Rübenacker aufgestöbert worden. Er konnte aber in einen nahen Maisacker flüchten und blieb dort so lange, bis dem Opel Blitz das Warten zuviel war. Paula rief vom Beifahrersitz aus *Kum rous, du Zigeiner. Waad nu, wende grieg. Me honde glei. I schladde dood.* Aber er kam nicht.

Im Nachbardorf die Metzgerei Heidegger. Dort packte er einen ganzen Wurstring ein, als die Metzgerin gerade im Kühlraum war. Frau Heidegger sah aber durch den Spion, eine Glasscheibe, die vom Geschäft aus wie ein Spiegel aussieht, wie er die Wurst vom Haken nahm.

Stehlratz nannte Frau Heidegger von da an eine *alte Bierbloter*.
Die Polizei ist wieder Richtung Meßkirch gefahren. Paula hat Licht gemacht. Sie macht das Licht aus und stellt sich in den Hof und wartet, bis jemand vorbeikommt. Sie will die erste sein, die es gewußt hat. Sie will als erste sagen können *Stell der vor, de hot scho widdr glaut. Desmol en Kanischder Salotel.* Aber Teres ist schon durch die Hintertür bei uns gewesen und hat alles erzählt.
Paula selbst hieß Klaudia. Sie war die einzige, die nicht wußte, daß sie Klaudia hieß.
Sie hat vor Jahr und Tag im *Gaissmaier* eine saure Sahne und ein Pfund Eduscho unter den Kopfsalat gelegt. Paula hat dafür den Gaissmaier geputzt, vier Wochen lang, samstags.

*Gerda bringt ihr erstes Kind neben
ihrer Nähmaschine in der Trikotfabrik
auf dem Heuberg zur Welt*

Sie hat nichts von diesem Kind gewußt. Es ist einfach da. Berta hat es aus Gerda herausgezogen. Sie hat eine geschickte Hand. Gerda ist froh, daß alles vorbei ist. Heute kann sie nicht mehr an die Maschine. Sie liegt jetzt im Erste-Hilfe-Raum auf einer harten Liege. Sie liegt flach. Der Bauch ist noch nicht eingefallen. Gerda ist froh, daß es ein Junge ist. Brauchst du eine Bauchbinde, fragt Berta auf Meßkircherisch. Gerda ist viel zu dick. Sie kann gar nicht gemerkt haben, daß sie so schnell Mutter werden sollte.

Gerda ist noch Jungfrau. Das Kind hat keinen Vater.
Sie hat schon den ganzen Morgen über Bauchschmerzen geklagt, *ho hanne huit emol 's Grimme*, sagte sie. Ihr Vater meldet den Kleinen auf dem Rathaus an. Ihre Mutter sagt *Me hond Blatz gnue, uf uis kunz au nimme a*.
Gerda darf am Weißen Sonntag nicht vorsingen, weil sie dafür noch zu jung ist. Sie darf auch nicht vorbeten, obwohl sie so alt wie ich war und ist. Habermeier sagt ihr: dafür bist du noch zu jung.
Heute läßt sie aber die *Avon*-Beraterin ins Haus kommen. Sie kauft sich Tages- und Nachtcremes und hat eine wunderbare Haut, obwohl sie so dick ist.
Schon fünf Jahre nach dem Weißen Sonntag sitzt sie bei den Jahresausflügen der Vereine immer in der letzten Reihe im Bus. Dort sitzen Manns- und Weibsbilder durcheinander. Dort wird auch geschmust, so gut es geht. Gerda will neben mir sitzen. Ich will nicht in die hinterste Reihe. Gerda will, daß ich mit ihr schmuse, und hat mich in ihrer dicken Hand. Gerda ist ein Mensch, sie hat die Anlagen zum Mensch, sagt Habermeier schon beim Weißsonntagsausflug.
Diese Fahrten, diese Vereinsausflüge. Im Sommer, wenn die Tage lang genug sind. Ins Allgäu, nach Vorarlberg, in den Schwarzwald. Die Schweiz und das Schwäbische kommen nicht in Frage. Gerda ist die erste, die die Salamibrote anbricht. Schon in Hölzle fängt sie damit an. Sie ist verfressen. Salamibrote sind die Leckerbissen solcher Ausflüge. Gerda ist auch die erste, die ein Lied anstimmt. Der Bus singt das Bodenseelied. Habermeier läßt man auf diesen Fahrten nicht mit. Hat nichts dabei verloren. Soll mit den alten Weibern nach Flüelen zu Bruder Klaus, der schon vor einigen hundert Jahren seine Familie sit-

zenließ und heiliggesprochen wurde. Wenn Habermeier mit seinen alten Weibern nach Flüelen fährt, wird im Bus die ganze Zeit der Rosenkranz gebetet, denn der Ausflug ist ja auch eine Wallfahrt. Hat jemand, und jemand gibt es auch bei uns gelegentlich, ein geistig behindertes Kind, wie es heute heißt (früher Krüppel), fährt Habermeier mit ihm in die Nähe von Lindau. Dort lebt eine Kerzenbeterin. Die kann helfen, sagt er.
Habermeier tauft Gerdas Kleinen. Er verspricht, dem Satan zu widersagen.

Fräulein Boll.
Sie war Sammelbestellerin

Wohnte am anderen Ende des Dorfes, von mir aus gesehen. Sie lebte von den Sammelbestellungen aus dem Katalog und von dem Honig, den sie eimerweise verkaufte.
Im ehemaligen Stall hortete sie Waren von einander so entgegengesetzten Katalogen wie Neckermann und Quelle, von Rast aus gesehen. Im Stall von Fräulein Boll stand mein erstes Fahrrad. War es von Quelle oder von Neckermann? Die mehrfach geschichtete Vergeßlichkeit. Die über Jahre verteilte Vergeßlichkeit.
Sie war die erste in Rast, die zu denken anfing für sich allein und sonntags in ihrem schönen Haus am Ortsrand blieb und die Bienen fütterte, während wir in der Kirche unser falsches *Ein Haus voll Glorie schauet* in den Morgen hinaussangen.
Nicht einmal am Otmarstag kam sie ins Pontifikalamt. Habermeier hielt sie für verloren.

Als ich noch ein dummes Kind war, wollte auch ich sie retten und betete den *Engel des Herrn* und bat den Himmel um Bekehrung bis ich einschlief.

Irgendwoher fällt Licht

Da es sich um ein Photo handelt, kann ich nicht sagen, aus welcher Richtung.
Der Theo steht in der ersten Reihe. Er gehört zu den Kleinen. Er war zu klein zum Krieg. So hat er die große Zeit bei den Weibern verbringen müssen und ist in dieser Zeit ein schönes Stück gewachsen. Jetzt wäre er zu alt zum Krieg, käme einer.
Der Theo, mit dem ich nie ein Wort gesprochen habe, kommt zu Allerheiligen, wenn die Toten, und am Totensonntag, wenn die Soldaten geehrt werden, ins Dorf. Die Soldaten, die *Fern der Heimat, teurer Krieger, ruhst du nun im fremden Land*, durch dieses Lied, das in Rast auch schon nach dem Siebziger Krieg und nach dem Ersten Krieg gesungen wurde, und durch ein Gebinde aus Gerbera und Asparagus und durch eine kleine Ansprache des Bürgermeisters, der nicht dabei gewesen ist, geehrt werden. Theo steht dann auf der Seite der Hinterbliebenen. Die sind im VDK organisiert und kommen im Winter zum Kaffeetrinken zusammen und machen im Sommer einen Ausflug nach Damüls.
In der Schlechten Zeit zog Theo in die Stadt und operierte in einem kleinen Krankenhaus. Wie er ins Gefängnis kam, weiß ich nicht. Es hieß, er sei von einer Rasterin erkannt worden. Geraume Zeit später kehrte er nach

Rast zurück, besuchsweise. Er hatte eine Sängerin dabei, die mit einem Pferdeschwanz im Dorf auf und ab lief. Hier setzt meine Erinnerung ein.

Es hieß gleich, es handelte sich um eine Primadonna. Zu Allerheiligen trug sie Gummistiefel, wie sie zur Arbeit im Stall angezogen wurden, stand mit ihnen auf dem Friedhof herum und konnte nicht einmal richtig das Kreuzzeichen machen, nicht einmal richtig *Im Namen des Vaters und des Sohnes und des Heiligen Geistes* sagen, nicht richtig das Weihwasser geben, nicht einmal richtig Deutsch. Konnte sie überhaupt sprechen?

Es hieß, Theos wegen habe sie als Sängerin aufgehört. Theo sei jetzt Handlanger bei einer großen Firma. Wenn sie neben ihm auf dem Friedhof stand und alles falsch machte, war sie der Höhepunkt von Allerheiligen, Lippen geschminkt, Ohrringe golden, Gummistiefel, Sonnenbrille. Sie war die erste Primadonna, die Raster Boden betrat. Ich habe sie verfolgt, wenn sie am Hof vorbeiging, bis nichts mehr von ihr zu sehen war.

Theo sei vom Operationstisch weg verhaftet worden. Ich stelle mir vor, wie die Operationsschwestern hinter ihm *aber Herr Doktor* herriefen. Chefarzt war er nie. Das war nur ein Gerücht in Rast.

Elvira mit der neuen Hose

Elvira, die ihren Mann verprügelt, wenn er vom Rosengarten besoffen heimkommt. Samstags. Oder auch während der Woche: Sie zieht ihn an beiden Ohren vom Stammtisch weg.

Abends ist er, Otto heißt er, Seileschneider: er kastriert junge Schweine (Sei-le, beziehungsweise: Säu-le), damit sie fünf Monate später geschlachtet werden können, ohne zu sauelen oder zu soichelen (Fleisch riecht dann nach Sau oder Urin. Minderwertiges Fleisch).

Erst muß das kleine Biest gefangen werden. Ich erwische einen Schlegel und halte es an beiden fest. Otto hat sein Messer in Schnaps getaucht, frisches Messer. Die kleine Schnauze quiekt. Es ist doch noch gar nichts passiert. Otto schneidet etwas weg, weiß Gott was, und schmiert Jod drüber. Das kleine Biest quiekt weiter. Ich lasse es wieder laufen. Kann laufen, in welche Richtung es will. Platz genug in der Saubucht. Kann sich ins Stroh oder in den Trog legen. Das Ganze ist doch halb so schlimm, gewesen. Jetzt haben die Kleinen erst einmal Ruhe für ein paar Monate. Sie haben auch schon aufgehört zu quieken, grunzen nur noch, haben schon wieder etwas in der Schnauze. Der Seileschneider wäscht sein Messer ab und legt es in den Messerkasten zurück. Er kann in den Rosengarten gehen. Ich mache das Licht aus. Otto trinkt noch ein Bier in der Stube.

Schweine haben keinen Namen bei uns. Sie zählen nicht einmal zum Vieh. Sind auch nur ein halbes Jahr im Stall, alle drei Wochen ihre Box wechselnd, bis sie *soweit* sind. Der einzige Grund, warum sie überhaupt im Stall sind. Ich gehe in den Stall zu ihnen und werfe abwechselnd schaufel- und eimerweise das Futter in den Trog und räume den Saumist weg.

Bei grober Erinnerung an *meine Anderen*, die Einzelteile von Gottfried Kellers Schrottplatz, gleich hinter dem Haus.

Die süße Erinnerung an meinen Herzschlag im Ohr. Das

Fahrrad liegt im Gras. Ich höre das Gras wachsen neben mir. Keine Bilder an der Wand. Die Bilder sind draußen. Schwimmen im Wasser vor mir. Die hochfliegenden Schwalben. Die Zeichen für gutes Wetter. Zusätzlich zum Abendrot. Mit dem Handtuch um den Hals in den Löwen. Das Spiel war schön. Fritz und seine Erinnerung, die an die Beine seiner Fußballspieler grenzt.

Die Schnecke im Gras, ihr Löwenzahngebirge. Lisl im Schneckenberg. Am Aschermittwoch ist alles vorbei. Lisl gehen Schnecken über alles. Sie fährt mit der bloßen Hand durchs Gras. Ihre Hände sind besser als ihre Augen. Schon die halbe Tiefkühltruhe ist voll. Das alte Photo mit Lisl auf dem Bild. Die blasser werdende Erinnerung. Gottfried Keller, der Gottfried Keller hieß. Unordentliches Grab, Sauerei wie hinter seinem Haus. Schrottplatz, Schneckenberg.

Die Erinnerung ruft mich vom Schrottplatz. Vom Spielen zurück, die Kühe von der Weide holen, ab fünf wird gemolken.

Die Erinnerung steht bis zu den Hüften im Wasser. Es ist Schneckenzeit. Der Auenbach fließt langsam, steht, fließt rückwärts, haut mich um.

Die Erinnerung geht schwimmen.

Otto

Otto ist stolz darauf, daß er sein Leben lang noch nie gebadet hat, behauptet er am Stammtisch. Sepp hat sein Leben lang noch keine Zahnbürste gesehen und war noch nie beim Zahnarzt. Er ist stolz darauf: *De muint se*

(Er meint sich). Friedel meint sich, weil er eine ganze Schachtel Mohrenköpfe essen kann, ohne daß ihm schlecht wird. Gottfried ißt das Hasenaug in der Suppe, ohne daß er es merkt. Fritz legt das Grab am Kranze nieder, ohne daß er es merkt. Otto holt eine Milchkanne Wasser in Lourdes, und an der Grenze glaubt ihm keiner. Habermeier hat eine Marienerscheinung, die von Rom nicht anerkannt wird. Toni meint sich, weil sie mit einem Chinchilla in die Kirche kommt. Manni sagt, er habe den Trevirabrunnen gesehen. Bernhard hat das Nordlicht gesehen. Sebastian hat die Pyramiden von Giseh gesehen. Der alte Naze war am Hartmannsweiler Kopf. Viktor läßt kein Fest aus. Viktor wartet am Milchhäuschen auf den Bus. Viktor macht eine Butterfahrt. Viktor kauft einen Hähnchengrill. Viktor kommt mit einem Toaster zurück. Viktors Mann blieb zu Hause. Viktors Mann erzählt im Rosengarten der Reihe nach, was es alles zu essen gegeben hat. Friedel bestellt einen Ochsenmaulsalat. Lydia ist in der Kirche umgefallen. Sie bekommt ein Kind. Kriemhilde hat die Aussteuer noch nicht beisammen. Sie hat schon ein lediges Kind. *Ochsenmaulsalat ist kebbelig*, sagt Kriemhilde. Sie bestellt eine Gulaschsuppe. Bei Fräulein Boll bestellt sie Geschenke für Hilde, zum Abstottern. Heidegger zahlt nur acht unter Stuttgart. Gottfried, der Goggel heißt, schreibt an Ertl, daß er das ganze Leben umsonst gearbeitet habe. Der Rosengarten lacht. Er sucht eine starke Rentnerin über die Bauernzeitung. Ich helfe ihm beim Aufsetzen des Briefes.

Zeitvertreib

Die kleine Dreckig spielt mit den Italienern Karten. Wenn sie merken, daß die Dreckig sie betrügt, bricht sie das Spiel ab und nennt die Italiener Ganoven und Weibsbilder. Nach einer Weile kommt sie wieder aus der Küche. Die Italiener haben »Weibsbilder« nicht verstanden. Sie setzt sich auf den Schoß von Gigi. Das geht nur, weil sonst keine Weibsbilder im Lokal sind. Die Dreckig will Siebzehn und Vier spielen. Die Italiener wollen nicht. Sie streckt die Zunge heraus und geht in die Küche. Nach einer Weile kommt sie wieder und läuft zur Musikbox. Sie will eine Mark von Gigi. Gigi will die Egerländer nicht hören. Die Italiener verstehen nichts von Musik, plärrt sie durchs Lokal. Sie wirft einen Hausschuh in Richtung Stammtisch. Die Dreckig will Geld für den Zigarettenautomaten. Sie greift in ihre Mantelschürze und findet kein Kleingeld. Sie ist geil wie Nachbars Lumpi, flüstert Krössing, der Flüchtling. Wer geht mit ihr nach oben? Die Dreckig geht voraus. Sie läßt die Rolläden runter, sie hat schon Rolläden. Sie macht es mit der Hand. Von draußen sieht man, daß sie am hellichten Tag die Rolläden runtergelassen hat. Die Dreckig ist evangelisch. Sie ist erst seit kurzem hier. Die Gesundheitspolizei entfernt das Schild *Gutbürgerliche Küche*. Auch offenes Bier verboten. Nur noch Flaschenbier und kalte Platte. Die Dreckig hat Zulauf. Die Dreckig ist auch ein Flüchtling. Nur *Lumpenziefer* um sie herum. Rese heißt sie, mit Pferdeschwanz. Die Italiener bleiben bald weg. Gigi ruft sie *Tomate* nach, wenn er an ihrem Lokal vorbeifährt. Jetzt kommen die Leute von der Hochspannungsleitung, die schon Hitler gebaut hat. Sie wird neu gestrichen. Sonst hat die Dreckig wenig Zulauf. Kein Wunder, sie wohnt auch etwas außerhalb.

In Pfullendorf lebte sie auch schon. Dort hieß sie nur *Die Stadtmatratz*.

Die Dreckig hat einen halben Zentner abgenommen. Wer an der Bahnhofswirtschaft vorbeifährt und die Dreckig da auf der Treppe sitzen sieht, denkt: Mein Gott, was für eine dicke Bloter. Ein Arzt würde ihr floskeln: Sie sollten etwas für Ihre Gesundheit tun. Weil keiner merkt, daß sie einen halben Zentner abgenommen hat, will sie nicht mehr abnehmen. Wenigstens so lange nicht, wie sie in Sentenhart ist.

Die Dreckig sagt, Sentenhart, die ganze Gegend sei das Langweiligste, was man sich vorstellen könne, und nimmt ein Langnese Cornetto aus der Tiefkühltruhe. Sie sei die längste Zeit hiergewesen.

Jetzt gehe ich zu meinen Kaninchen, sagt sie.

Ans Haus angebaut der Hasenstall. Die Dreckig mit dem Saukübel auf dem Weg zu den Kaninchen. Sie öffnet den Verschlag und wirft den Küchenabfall in den Hasenstall. Sie kehrt wortlos ins Lokal zurück und verdreht die Augen. Gigi ist mit seiner Simca vorbeigefahren und hat nicht einmal gehupt. Stöhnt sie, ist es die Hitze.

Sie mache nichts aus ihrem Typ, behauptet ihre Schwester. Die Dreckig fährt ihr übers Maul, *Schlampe*, flucht sie durch die Durchreiche.

Wenn nichts los ist, sitzt sie auf der Treppe vor der Wirtschaft und wartet, bis etwas los ist.

Ich sehe die Dreckig auf der Treppe sitzen. Sie kennt mich nur vom Vorbeigehn. Sie ruft mich und verlangt eine Zigarette. Ich sage, ich rauche nicht. *Tomate*, ruft sie mir

nach. Manche leben wie ein Tier, sagt Habermeier. Die Dreckig kommt sonntags nicht in die Kirche, bleibt im Bett liegen, ist evangelisch, hat keinen Gott, will weg von hier, denkt an das Bahnhofslokal in einer Garnisonsstadt auf dem Heuberg, Stetten am Kalten Markt.
Für Sterben sagt sie: das letzte Mal scheißen.
Die Dreckig ist nicht von hier. Sie hat die Bahnhofswirtschaft in Sentenhart gemietet. Nachts rennt sie ihren Italienern nach, bis auf die Straße, und ruft ihnen *Ich will meine zwanzich Mark* hinterher.
Wenn sie zumachen muß, geht sie anderswo hin.
Sie hat schon verschiedene Bahnhofswirtschaften in der Gegend gehabt. So eine kann sich überall einleben, sagt man im Rosengarten.

Rese war ein Lumpentier

Lumpenmensch, eine Lumpensau, ein Dreckfidle, faule Miste, Schattenmorell, Stehlratz, Besen, Reisbesen, Stallbesen, Drecksau, Kua, dumme Kua, blede Kua, Eil, Nahteil, Wunderfitz, Soichhafe, Nixnutz, elende Siach, Zigeinere, Krippel, saumäßig blede Kua, Granate-Glee-Kua. A Schnalle und e Scheese.
's greschd Lumbedier, Greahuistedder Loos, Greahuistedder Mischdfidle, Lueder, 's mindschd Mensch, Schleider, Gilleloch, Gillefaß, Moschdfaß, Doppelficke, Elsardin, fette Bloter, Saubloter, Bloter.
Belzkabpe, Schmelle, Ribbel, Bierbloter. Moschdloch. Verdreckede Weihwasserkessel, verbiched Souloch, bärhämmige Loos. Hackstockfidle, Kitterfidle, Brodmaafidle, Soufidle. Truche.

Schnook, soure Birr, Zwegschd, Pflumm, Rädich, versalzede Häring, verfaulete Boskopp.
Souschniffel, Souriessel, Souohr, Souschwanz, Souloch, Soumensch.
Granate-Soubloter
Granate-Lumbedier
Greschd Granate-Glee-Kua.

Die Zigeuner kamen alle Jahre wieder

Was weiß ich, was wußte ich von den Zigeunern? Daß sie stehlen und lügen, daß sie nicht arbeiten wollen und sich nicht waschen.
Denn Zigeuner haben nur Weiber im Kopf.
Die Zigeunerweiber kamen, bettelten von Haus zu Haus und warfen, und warfen, was sie bekamen, sowieso in den nächsten Straßengraben.
Im Sommer, wenn alles auf dem Feld war, gingen sie durch den Stall ins Haus und suchten im oberen Stock nach Geld und alten Münzen. Wenn sie nichts fanden, schnitten sie die Federbetten auf. So hieß es von den Zigeunerweibern, die ja gar keine richtigen Zigeunerweiber waren, sondern Lumpenpack.
Die Zigeuner hockten in ihrem Wohnwagen und warteten nur darauf, wieviel ihre Weiber zusammengebettelt hatten, um das Geld zu versaufen. Den Most, den die Weiber in Flaschen mitgebracht hatten, leerten sie am Kastanienbaum aus, die Flaschen blieben im Straßengraben liegen. Sie lagen ganze Tage in ihrem Wohnwagen bei den Kastanien, fuhren gelegentlich mit ihrem Opel Kapi-

tän nach Alteisen, wühlten in Geräteschuppen und Holzschopf, suchten Eisenreifen von alten Mostfässern zusammen.
Sagten sie etwas Freundliches, rannte das Kind davon. Der Zigeuner sprach nicht Rasterisch, sondern Zigeunerisch und sagte etwas Zigeunerisches. Das Kind wollte sich nicht mitnehmen lassen. Es wollte nicht nach Afrika verkauft werden. Es wollte nicht von Negern gefressen werden. Es hatte noch nie einen Neger gesehen. Es wußte von den Negern nur, daß sie schwarz sind und einander auffressen, wußte es von Jakob.
Die Zigeuner kamen alle Jahre wieder.

Auswandern

Das Bild habe ich mir erklären lassen.
Vorne noch die Ecke des jetzt abgerissenen Bahnhofs. (Verwaltungsreformen. Umstrukturierungen. Verbesserungen. Früher gab es einen Bahnhof, von dem aus Lisl und die anderen in zwei ganz gegensätzliche Richtungen davonfahren konnten.)
An der Ecke Fritzle, sagten die Älteren zu ihm. Kurze Zeit später ins Loch der Ehre gefallen. Ach ja, denk mal, ich erinnere mich an ihn, war immer ein lustiger Kerl. Das einzige, was ich noch weiß von ihm. Wie war er lustig? frage ich.
Verlasse mich auf fremde Erinnerungen.
Auch der Gesangsverein ist auf dem Bild. Er sang *Nun ade du mein lieb Heimatland* und blieb zurück. Der Zug kam aus Richtung Meßkirch. Ich bin eingestiegen, und

die Lokomotive ist ganz langsam mit mir davongefahren. Erst als der Zug im Wald verschwand, fuhr er mit einer normalen Geschwindigkeit. Auch noch gepfiffen hat er, ganz lang. Dann werden sie heimgegangen sein. *Huim* heißt das, glaube ich, auf Rasterisch.
Bald darauf wurde mir die Photographie geschickt. Sie hängt seither hier an der Wand. Vor dem Küchenfenster halb Patagonien.
Lisl erinnerte sich. *Me hond alle nebenenand gwadet. Sischd ganz ribig xai, wommer de Zugg hond sie kumme vu Meskerch här. No ischder eigschdigge. D'Gsangverei hot Nun ade du mein lieb Heimatland gsunge. No isches ganz ribig worre. Ahls hot gwungke und gschraue uff Widdrsähn. Wo de Zugg in Wald neigfahre ischd, hommer no im Rauch noglueged, bimmern nimme gsie hond. Denn simmer huim.* So Lisl.
Zu Fuß nach Hause, großer Schmerz.
Ich habe fast alles vergessen und erinnere mich nur noch, daß ich weggefahren bin, sagt der Auswanderer.
Lisl wollte früher einmal auswandern. Hat es aber aus Gründen, die ich nicht kenne, nicht soweit gebracht. Was sie für Gründe hatte, an Auswanderung zu denken, worin sich ihre Gründe von meinen Gründen unterschieden, weiß ich nicht. Früher sollen viele aus Liebeskummer ausgewandert sein.
Sie hätte aber einen Paß haben müssen.
Auf dem Photo steht das halbe Dorf.
Die Einzelheiten sind entsprechend klein. Die mit den kleinen Einzelheiten verbundenen Namen und Umstände. Die Tränen in den Augen der Davonfahrenden. Diese auf dem Bild nicht auszumachenden Tränen. Das Bild ist schwarzweiß.

Lisl stand als Kind dabei. Ich erkenne sie. Hat keine Blumen in der Hand. Nicht einmal ein Sträußchen. Auch nicht die Andeutung von Blumen auf dem Bild. Der kleinteilige Schmerz beläßt es bei der Erinnerung und den Jahren, die vergangen sind.
Die Auswanderungsgeschichten, mit denen ich großgeworden bin. Angefangen mit meinem Onkel, der in Giseh hängenblieb und nur als halber Mensch zurückkehrte.
Angefangen mit dem Onkel, der das grobschlächtige Patagonien nicht mehr verlassen will und von seinem Küchenfenster aus die Anden überblickt, das herrliche Patagonien. Angefangen mit meinen Onkeln, die wie andere Onkel im Osten hängenblieben, weiß-Gott-wo, gefallen sind und liegen blieben (geteilter Schmerz, doppelter Schmerz). Ausgewandert. Die Welt hat sich als rund herausgestellt, diese Angeberin.
Der teure Krieger ruht fern der Heimat.
Das Kriegerdenkmal ist ein Ersatzgrabstein.
Das Kriegerdenkmal ist ein Erzengel. Mehr als ein Engel. Von den Daheimgebliebenen ein Erzengel.

Nicht mitgereist?

(Frage an Eichendorff)
Junger Mann zum Mitreisen gesucht, las ich auf dem Rummelplatz. Ich hätte mitreisen können und Chipsverteiler bei den Boxautos werden.
Habt ihr die Schnauze voll? (Die Ansagerin beim Superkarussell.)

Wollt ihr noch einen drauf? (Dieselbe Ansagerin, ordinäres Mikrophon.)
Soll ich die Sau rauslassen? Sie ließ die Sau raus, auf alle Arten, mit denen man durch ein auf Hochtouren gedrehtes Karussell die Sau rauslassen kann.
Nachher der Schwindel. Die gebrannten Mandeln. Das Magenbrot.
Eine Schiffschaukel steht verloren mit Glocke und Bremsblock. Der Schiffschaukelbesitzer steht daneben. Vielleicht ist es auch nur ein mitreisender junger Mann. Vielleicht ist er der Freund der Schiffschaukelbesitzerin, die gerade Zuckerwatte holen geht.
Die alte Schiffschaukel mit ihren fünf Gondeln und ihren fünf Bremsklötzen. Vor der Schaukel der junge Mann, zum Mitreisen gesucht, der zu Hause gebliebene, zum Mitreisen gesuchte junge Mann. Er ist unsicher, ob er eine Runde schiffschaukeln soll. Da er in der Schiffschaukel nicht auffallen möchte und draußen auch nicht, läßt er es sein.
Die schnell wechselnden Beleuchtungen. Farbiges Licht. So schnell, daß die Farbe des Lichts auf ihn abfärbt und an ihm hängenbleibt.
Ich verstecke mich hinter dem jungen Mann, der vor mir vor der Schiffschaukel steht. Er steht da, breitbeinig und sieht, wie einer nicht hochkommt. Er hat die mittlere Schiffschaukel gemietet, die für den Umschwung. Er lacht, daß er nicht hochkommt mit dem Lederriemen um den Bauch, überflüssig. Schon greift der junge mitreisende Mann, möglicherweise der Schiffschaukelbesitzer, zur Glocke. Es ist bald sechs. Ich sollte schon längst im Stall sein. Es ist schon dunkel. Es ist schon Ende Oktober. Es ist Kirbemarkt. Er hat den Umschwung nicht ge-

schafft. Er verläßt die Schiffschaukel und geht weiter. Hinter seinem Rücken wird gelacht. Weitergelacht. Er soll etwas anderes versuchen. Er gehört nicht in eine Schiffschaukel. Nicht einmal richtig Kaugummi kauen kann er.
Die Schießbudenfiguren, die tätowierten Arme, die sich in die Haare geraten, auch nur wegen so einer Schießbudenfigur. Die Schiffschaukelmusik versandet.
Die Boxautomusik nebenan. Ich will ins silberne, soll schneller sein. Der mitreisende junge Mann springt von Boxauto zu Boxauto. Heute ist er in Meßkirch.
Hält sich an der Stange fest. Die Hände sind groß. Das Gesicht ist fremd, großenteils Kaugummi, die Ecken sind tätowiert. Die Mädchen verdrehn die Augen.
Sonst passiert nichts.
Ich müßte längst im Stall sein.
Ein Rest gebrannter Mandeln für den Feierabend.

Der Heuberg, der meiner Traurigkeit entgegenkam

Wenn es Traurigkeit war, was es war.
Seine Wälder, mein Meer, meine Wellen. Wenn du kannst, fließ zurück. Du kannst nicht.
Das ist der Roggen, höher als der Weizen. Das ist der Weizen, blond, und später als die Gerste mit ihren Spelzen. Ist der Weizen blond, das ist der Sommer. Der Sommerwind, zwischen den Halmen hin und her. Der Himmel die Hauptperson mit ihrem Wind und ihren Wolken.
Der Abendfriede, das Abendrot. Ich vor dem Haus sit-

zend, müde. Dem Abendrot folgt das Abendgrau. Die Kinder gehen zu Bett. Die Nachtfrau kann kommen.
Ich darf auf den Kirbemarkt, wenn ich brav bin bis dahin. Ich bekomme ein kleines Lebkuchenherz, das ich essen kann und das mir nicht schmeckt. Ich lasse es angeknabbert liegen. Es kann hart werden. Mäusefutter. Nächstes Jahr möchte ich etwas anderes.
Das Kind geht ungern ins Bett. Das Kind steht ungern auf. Es muß geweckt werden. Man stellt ihm einen Wecker neben das Bett. Wenn es brav ist, darf es in den Ferien liegen bleiben, solang es will. Aber dann wird es geweckt, und es heißt: Du hast jetzt genug geschlafen. Geh aufs Feld. Dort fährt es mit dem Traktor auf und ab. Der Heuberg kommt ihm auf halbem Weg entgegen, was sage ich: seine Traurigkeit. Was sage ich: seine grauen Wolken. Das Wetter kommt vom Westen. Ist es da, kann es regnen. Dann fahre ich nach Hause, damit das Futter nicht naß wird.
Ich kann in die Stube. Meinen Atlas überfliegen. Hier bleiben. Den Heuberg überfliegen, vom Fenster aus. Die Augen sind scharf. Was zählt, weiß ich nicht.

Im Frühjahr zogen die Schäfer durchs Dorf

Im Frühjahr zogen die Schäfer durchs Dorf mit ihrer Herde, mit ihrem Stab, dem Hund und einem schwarzen Schaf. Am Dorf vorbei.
Die Zigeuner hatten ihre Wagen beim Feldkreuz unter den Kastanien. Kinder hatten Angst, dort vorbeizugehen, wenn die Zigeuner im Land waren. Ich hatte Angst.

Es hieß, die Zigeuner nehmen dich mit. Ich hätte mich mitnehmen lassen sollen. Aber ich habe die Zeit vertan. An allen Tagen des Jahres. Früher.
Ich hatte keine Wahl. Ich war weit weg von allem. In der Zeit, als ich noch kein Fahrrad hatte, als ich noch nicht Fahrrad fahren konnte, kam ich am Sonntagnachmittag höchstens ins Nachbardorf. Dort wurde auch nur ein Mannschaftsspiel oder ein Freundschaftsspiel ausgetragen. Der Fußballplatz lag am anderen Ende des Dorfes, weit weg, und ich schloß mich den Vergnügungen meiner Freunde an und machte sie zu meinen Vergnügungen, zu Fuß. Oder ich stand auf dem einen oder anderen Hof wie die anderen bei den anderen und weiß nicht mehr, wie solche Nachmittage vorbeigingen.
Als ich Fahrrad fahren konnte, drehte ich eine Runde mit dem Fahrrad und fiel in unregelmäßigen Abständen auf die Nase. Ich werde aufgestanden sein und zurückgefahren sein. Im Sommer kam ich mit dem Rad bis an den See. Im Winter stand das Rad in der Scheune. Großvater sah es nicht gern, daß ich das Fahrrad nicht genug putzte.
Im Sommer gab es ein Eis am Stiel.
Im Winter gab es das Fernsehen.
Wenn es regnete, gab es das Fernsehen.
Im Winter gab es Schlitten und Schneemann, der immer wieder schmolz. Es gab Werktagskleider und Sonntagskleider, die einen hingen meist am Nagel.
Auch Siebzehn und Vier, Monopoli und die ortsansässigen Spiele, die nicht gekauft werden konnten.

Kurzes Leben. Kurzer Schmerz

Am Fenster hängen und hinausweinen.
In den Mund kehrt der konstante Geschmack von Erdbeeren im Juni. Die gleichgebliebenen Kirschen. Das Faule um den Kern des Frühapfels wurde ausgespuckt und wird ausgespuckt.
Das Buch, das mich aufklärte, gab die Dinge nur unscharf wieder. Noch auf Jahre hinaus täuschte ich mich über das Wesen des Unterleibs, über die Anzahl der nach innen verlaufenden Öffnungen. (Kein Schmerz.)
Dann habe ich es doch bis zum Oberministranten gebracht, zum Vorbeter und allen schönen Sünden. Alle schönen Sünden, daß nur die schmutzige Erinnerung blieb. (Kleiner Schmerz.)
Lizzy wollte mit mir verreisen. Wir sind nie miteinander verreist. Nur Tagestouren. Kleiner Schmerz.
Die geschundenen Blüten. Die Dolden der Kastanien bei Rückkehr der Sonne nach zwei Tagen Regen.
Das Ohr liegt frei. Das Photo von der Tagestour. Zeigt mich sitzend. Mit dem Buch in der Hand stelle ich mich lesend. Die grünen Augen haben einen Graustich.
Danke für das schöne Bild, Lizzy.

Der Atlas

Ist auch ein Gebirge. Er ist mein liebster Aufenthalt. Was wäre er ohne den Atlas. Mutter sagt, ich kenne ihn nur mit dem Atlas.

Zwischen den einzelnen Gebirgszügen Platz für die Erinnerung in unbeschreiblicher Gegend.
Der Blick von oben. Kein Horizont mehr.
Ich sehe alles.
Vorerst komme ich bis auf den Heuberg. Ich war auch schon auf der Mainau. Aber ich glaube nicht, daß die Zeit vergeht. Ich könnte der Zeit Ohrfeigen geben, daß ihr Hören und Sehen verginge.
Ich muß hierbleiben. Die Briefe der Auswanderer. Das Un-Glück der Daheimgebliebenen.
Ich darf in Ferien nach Meßkirch, und mir wird schlecht vor Langweil. Heimweh heißt in Rast Langweil. Jetzt kenne ich Langweil. Ich kannte sie vom Hörensagen. Großvater hatte Langweil in Saukempten, Durschd und Langweil. Ich beiße ins Kopfkissen vor Langweil. Von der Post nach Rast telephoniert. Sie sollen mich abholen. Ich weiß jetzt, was Langweil ist. Man holt mich ab. Im Auto streite ich mich mit meiner Schwester. Ich habe sie zwei Tage nicht gesehen. Zu Hause höre ich, Großvater habe es zweieinhalb Jahre in Saukempten aushalten müssen, und mein Vater sei siebeneinhalb Jahre in Rußland gewesen. Und dich muß man schon am zweiten Tag in Meßkirch abholen. Aber ich weiß jetzt auch, was Langweil ist.
Homesickness ist kein Ersatz für Heimweh. Heimweh ist ein Wort, das ich nicht kenne.

Jahrelang

Jahrelang bin ich aufs Feld gefahren, mit Maschinen der Firma *Mengele*, so wie die anderen. Ich sah diesen Namen auf jedem zweiten Feld stehen. Auf dem Mistwagen stand groß *Mengele*, der Mist scherte sich nicht, die Leute scherten sich nicht, ich scherte mich nicht.
Wenn ich gewußt hätte, was ich nicht wissen konnte. Aber ich wußte vieles nicht, was ich hätte wissen können. Ich dachte mir gar nichts bei diesem Namen.
Später, als ich nicht mehr mit dem *Mengele*-Mistwagen aufs Feld fuhr, habe ich erfahren, daß es *der Mengele ist, wo*. Ja, wo.
Mengele war ein Idealist, hat kein Geld genommen für seine Arbeit.
Das Geld kam von den Landmaschinen, Mistgabeln und Bindemähern, die schon damals nach Rast und in andere Kuhdörfer Oberschwabens verkauft wurden.
Ich habe unter diesem Namen den Mist aufs Feld gefahren. Je dreckiger der Kittel war, desto höher war ich angesehen.
Hochland, mit anderen Worten andere Jahreszeiten. Tageszeiten, aber die tieffliegenden Schwalben zeigten auch hier das Gewitter an. Der Rauch das schlechte Wetter. Die Alpen den Regen. Es gab viele Zeichen für schlechtes Wetter. Es gab neben dem Abendrot auch andere Zeichen für gutes Wetter. Hochfliegende Schwalben. Zwischen hungrigen Mäulern und dem Himmel hin- und herfliegend.
Das Windrädchen, das kleine, ging in verschiedene Richtungen. Es drehte sich um seine eigene kleine Achse, wenn nur genug Wind da war.

*Ich habe noch den Geschmack von
1 MM und F 25 im Mund*

Das sind Milchpulversorten, sackweise, zentnerweise standen sie bei den Futtermittelvorräten. Eimerweise tränkte ich meine Kälber damit. Wo früher die Tür war, von der aus ich in den Stall oder ins Haus kommen konnte, standen die Futtermittelsäcke. Die Tür wurde zugemauert, weil sie, wie die Leute vom Landwirtschaftsamt sagten, nicht mehr in die Zeit paßte.
Wie die Bauern heute ihre Kälber füttern und tränken, weiß ich nicht. Einmal in der Woche bekamen meine Kälbchen eine Spritze, damit sie groß und stark wurden. Anfangs kam der Tierarzt dazu. Dann machte man's selbst. Das war auch leicht gemacht. Aus der kleinen Apotheke nahm ich, was ich brauchte.
Das Bad wurde in der ehemaligen Speisekammer eingebaut. Es lag schon im Wohnbereich. Das Landwirtschaftsamt teilte nämlich die alten Bauernhäuser ein in Wohn- und Wirtschaftsbereich. Die Badewanne war gelb. Als das Landwirtschaftsamt Anfang der sechziger Jahre seine Badeeinbaukampagne betrieb, gab es einen Zuschuß für die weiße Ausführung.
Von den Bauernhäusern steht außer den Mauern nichts mehr.
Die Stuben wurden zu geräumigen Wohnzimmern, wie es die Zeit verlangte. Die Fenster wurden vergrößert. Es wurde ganz hell. Der Kachelofen kam weg, nahm zuviel Platz. Lisl konnte die neuen Heizkörper, geschickt unter den neuen Fenstern, gar nicht genug loben.
Auch der Eingang wurde heller. Die Aluminiumtür ver-

wandelte ihn in eine Diele. Man konnte nicht mehr Hausgang sagen. Rechts vom Eingang eine Klingel. Als die ersten Telephone ins Dorf kamen, wurden sie in die Diele gestellt. Jetzt stehen sie im Büro, denn es gibt keinen Kälberstall mehr, sondern ein Büro, und dort steht das Telephon.

A.

A. raucht nicht, trinkt nicht, hat keine Weiber, ist vernünftig, geht am Sonntag zur Kirche. Geht er nicht, ist auch nicht vernünftig, hat auch Weiber, aber nicht die richtigen. Säuft wie ein Loch, versäuft den Verstand. Raucht wie ein Schlot, Sargnägel.
Was macht er noch? Kaut abwechselnd Fingernägel der rechten und der linken Hand. So weit ist es gekommen. Dabei hat er als Vorbeter angefangen, war bei den internen Meisterschaften unter den ersten zehn. Wirklich, es ist alles viel schlimmer gekommen, als zu erwarten war. Es wurde heißer gegessen als gekocht, immer.
So ungefähr hat mir das Lisl erzählt, in ihren Worten. Das seien die Gerüchte über A., freilich nicht alle.

Ochs am Berg. Ein Kinderspiel

A. spielte Ochs am Berg, sang vor sich hin und glaubte an Gott. Denn es war leichter an Gott zu glauben als an gar nichts.

Lernte Fahrrad fahren. Pfarrer spielen wie der Pfarrer auch.
Damals schon, von der Wiege weg, hat man mich auf den Arm genommen.
Wahrlich, Ochs am Berg.
Angefangen hat es als Kinderspiel: du nimmst einen Ball in die Hand und fängst an zu zählen eins zwei drei.
Die erste Runde ist die Spielrunde.
Ochs am Berg ist zuerst ein Kinderspiel.
Man steht mit dem Gesicht zur Wand und achtet schon von Anfang an, daß man nicht auf die Nase fällt.
Heute weiß ich: das war nur für den Anfang, das war nur der Anfang, das war nur Anfang.
Du erinnerst dich noch an das Spiel, weißt aber nicht mehr, wie es geht, und mußt ein Kind fragen. Es erklärt mir Ochs am Berg. Wie es geht, sei mein süßes Geheimnis.
Und an Regentagen der Versuch, unter dem Dach in die Ewigkeit vorzustoßen durch Zählen. Sich bis unendlich vorzählen, das war ein langweiliges Spiel und auch nur bei Regen, wenn nichts anderes möglich war als im Schuppen auf das Ende des Regens zu warten. Die Katzen machten es ebenso, strichen an der Hauswand entlang und um uns herum. Nur meine Lieblingskatze hatte einen Namen, doch nicht einmal Gigi hörte auf mich. Sie verfolgte unser Zählspiel, das *Ewigkeit* hieß, am Rande und verschwand, ohne das Ende abzuwarten.
Ich spielte Ochs am Berg vor einem Scheunentor, auf dem haargenau mein alter Name stand, vor irgendwelchen Jahrhunderten dort angebracht im Querformat. Wenn ich vor diesem Scheunentor, das meinen Namen trug und mich nicht meinte, den Ochs am Berg zu spielen hatte, der ich war, der ich erst werden sollte, denn.

Die Erinnerung ist über mich hinausgewachsen.
Sie ist jetzt schon höher als der Raster Kirchturm und muß also, während der noch dick auf unebenem Boden steht, schon auf der Seite des Himmels, ja ein Teil von diesem sein, daß ich hier sitze, so weit weg.
Zuletzt kam der Brand.
Das Scheunentor, auf dem mein Name stand, vor dem ich Ochs am Berg spielte, brannte ab. Das Vieh dahinter konnte noch gerettet werden, während die Schweine, die quiekten, so gut sie konnten, drinnen blieben. *Fünf Saue gend nuit emol a Kua*, sagte Heidegger auf Sauldorferisch. Sonst sagte er nichts weiter.
Der Brand kam nachts, und so hell hab ich das Ganze nie wieder gesehen. Auch die Gesichter, die leuchteten. Denn es waren gekommen alle.

Die Erinnerung und das Feuer machen mit Ochs am Berg ein Ende.
Der Ochs am Berg hat keinen Namen mehr. Außer diesem hat er keinen.

*Ist das Schwein müde, läßt es sich
einfach fallen*

Konnte sich das Kleine nicht retten, dann liegt es unter seiner Mutter begraben. Ferkel sind nämlich zu Beginn ganz klein und stehen auf schwachen Beinen, wissen Sie.
Die Frauen essen am liebsten Schweinefleisch, im Café Ragout fin. Dabei ist das Schwein das Ebenbild des Men-

schen. Habermeier sagte mir nie, daß ich auch die Schweine lieben sollte. Sie waren nur dazu da, daß Jesus gleich tausend Teufel auf einmal in sie fahren lassen konnte und sie mit den Schweinen ins Wasser sprangen, wo diese elend ertranken, wie es Jesus wollte. Und dann: daß sie verarbeitet werden konnten zu Wurst und Schnitzel. Und dabei: nur minderes Fleisch. Gut genug fürs Land. Kenner essen Froschschenkel, Schnecken, Ameisennierle.

Der Mexer hat mit der dumpfen Seite einer scharfen Axt den Saukopf, war nur ein Saukopf, zertrümmert. Die Sau ist erst einmal ohnmächtig, anzunehmen, ist erst einmal ruhig, der Mexer kann ihr die Gurgel durchschneiden. Das Blut läuft in Strömen. Die Blutwanne fängt das Blut ab. Die Blutwurst, die Schwarzwurst ist köstlich. Die Sau schlägt doch noch etwas mit den Hinterbeinen hin und her. Der Mexer kann die Sau schon mit Harz abbrühen, in den Zuber damit, der Mexer ist flink. Die Borsten werden abgeschabt, die Sau ist zum ersten Mal sauber. Sie wird an eine Leiter gehängt, der Kopf nach unten. Der Bauch wird aufgeschnitten, die Innereien werden abgefangen. Der Kopf kommt in eine Schüssel. Vor dem Essen wird gebetet. Die Schinkensuppe ist köstlich.

Kleiner Schmerz

Kleiner Schmerz, als er noch einen Sinn hatte. Der Zahnarzt macht dir einen schönen Mund.

Die Bettflasche macht das Bett warm. Kalter Kaffee macht schön. Fetter Speck macht groß und stark. Kraft-

Käse gibt Kraft. Liebe macht krank. Der Krug geht zum Brunnen, wo er bricht. Ewig währt am längsten.
Die Beliebigkeit der Erinnerungen und ihre Logik, die weiterhin als *du lebst noch*, in dieser Kette also, erscheint. Wenn die Erzählung stockt, ist es die Erinnerung.
Habermeier, längst tot, auf Umwegen zurück.
Er glaubte vor allem an den Teufel. Der Weihwasserkessel platzt. Der Teufel springt heraus. Der Weg vom Kindergarten nach Hause, den Teufel im Genick. Vor mir zwei Schutzengel.
Später, wenig später, seitdem ich weiß, daß die Zeit vergeht, habe ich mein *Widersagst du dem Satan* gut auswendig gelernt. Ich hatte es fest vor, doch es ist nichts daraus geworden. Ich widersagte noch eine Zeitlang, so gut es ging. Sobald sich aber die erste Gelegenheit bot, hörte ich auf, ihm zu widersagen.
Heute bin ich mit ihm im Bund, beziehungsweise mit *all seinem Gepränge*.

Mein Blick auf altes Eisen

Ich sehe kein Land mehr. Nicht mehr klarzumachen. Im nächsten Dorf ist alles, aber auch alles ganz, aber auch ganz anders. Angefangen mit der Sprache.
In den guten Jahren, die auf die Schlechte Zeit folgten, war alles möglich auf dem Land. Was krumm war, sollte gerade werden. Es wurde begradigt. Zuerst war es der Dorfbach, der begradigt wurde. Er kam unter Verschluß. Wegen der Ratten, hieß es. Dann die Straße. Sie

bekam einen Namen. Seither kann man auf einem Schild lesen, wie die Straße heißt, die bis dahin die Straße hieß.

Ernstle bekam Geld vom Straßenbauamt, damit er sein Fachwerkhaus abreißen ließ. Es stand, vom Straßenbauamt aus gesehen, in einer Kurve.

Unser Friedhof ist ein kleines Dreieck. Seine alten Linden stehen noch. Unser Friedhof liegt auf dem Sandbühl. Seine Grabsteine stehen wie Soldaten, in Reih und Glied. Sie sind glatt und glitschig. Einige sind vermoost.

Für die Autos gibt es jetzt einen Parkplatz. Für den Abfall eine Müllhalde, für die Gießkannen einen Wasserhahn. Für Habermeiers Nachfolger einen Umkleideraum. Für die Toten zwei Leichenkammern. Für die Leichenhalle elektrischen Strom. Für die Trauergäste ein Vordach, damit sie nicht naß werden, wenn's regnet.

Friedhofszeiten. Vielleicht einmal eine spätere Erfindung, was weiß ich schon.

Das Land, ausbleibend. Ist modern geworden, sitzt mit Mann und Frau im Café Becher am Sonntag und ißt seinen berühmten Bienenstich. Sonntagsvergnügen, von denen ich nichts verstehe.

Fritz wirkt lächerlich klein auf seinem kleinen Traktor. Fritz hat nichts mehr zu sagen. Seine Felder sind lächerlich klein. Sie grenzen ans Neubaugebiet. Aber er hat sich noch nicht auffressen lassen.

Das Land sei hier billig, heißt es. Weil das Land hier *billig* ist, haben sich hier Leute angesiedelt, die Dippel, der Bürgermeister, hierhergelockt hat, die nicht einmal wissen, wie man Garben bindet, die nicht einmal wissen, was Garben sind.

Es gibt keine Bauern mehr.

Der Landmann ist auf dem Feld geblieben und ein Fremdwort geworden.

Das Kind hat vergessen, was es fragen wollte. Der Lehrer weiß nicht mehr, was er erklären soll.

*Von den Kriegskameraden
meines Großvaters im Trommelfeuer
von * weiß ich nichts*

Trommelfeuer ist aber eines meiner ersten Wörter. Der Großvater muß, bevor er starb, noch einmal dorthin zurückgekehrt sein. Wann kam er aus Saukempten (Southampton) zurück? Ich kann seine Zeit an der Front nicht beschreiben.

Ich weiß nicht, wie er zum Tod stand.

Sein Leben lang trank er gern Milch, weil er magenkrank war und schließlich auch an Magenkrebs starb. Als *es* soweit war, lag er dazu im Krankenbett, das ein Gitterbett war. Das Krankenhaus, so darf ich sagen, rief an, daß er gestorben sei. Das mußte in einem unbeaufsichtigten Moment geschehen sein.

Onkel muß nach Meßkirch fahren, damit es morgen früh in der Zeitung ist.

Atmen ist schön.

Ich weiß gar nicht, was Habermeier mit seinem *Ewigen Leben* die ganze Zeit wollte. Mir reicht die *Ewige Ruhe*, die etwas ganz anderes sein muß.

Habermeier hat aber auch von der *Ewigen Ruhe* gesprochen, wenn er danach aufgelegt war.

Über das Weitere habe ich mir nie einen Reim machen können. Atmen ist schön. Hält mich zusammen, mein

Fleisch und mein Blut. Das Herz hat genug zu tun. 7000 Liter am Tag, im Kreislauf. Ich will fest auf meinen Beinen stehen, weil man sagt, daß es etwas Besonderes sei, und weil es etwas Besonderes ist. Ich will die Sterne am Himmel lassen. Nichts Neues dazudenken. *Meinen Anderen* nur noch widersprechen, wenn sie nicht recht haben. Ihnen überhaupt nicht mehr widersprechen. Sie sollen mir ihre Märchen erzählen. Ich werde sie ablösen, wenn sie müde sind. Ihnen meine Märchen erzählen, wie ich meiner Großmutter Märchen erzählt habe, die sie nicht geglaubt hat.

Wenn ich ins Bett gemacht hatte (fängt es so an?), kam ich morgens die Stiege herunter und sagte auf Rasterisch *Ho hanne huit naht emol schwitze messe*, und sie hat sich gefreut, weil ich so klug war.

Mein Großvater hat sie gleich, nachdem er aus Saukempten zurückgekommen war, geheiratet. Es gab eine große Hochzeit (*Heuberger Bote*, der Dagblatt-Vorläufer). Großvater hatte eine große Heimat (Hof), Großmutter war schön. Sie haben an jenem Tag nur eine schöne Zukunft erwartet, und was hätten sie anderes sollen. Wein gab es genug und auch Essen gab es genug. Es gab von allem.

Die schlimme Zeit lag hinter ihnen, dachten sie. An einem solchen Tag war es leicht, nach vorn zu schauen, wie man sagt.

Die schlimme Zeit lag hinter ihnen, dachten sie. Habermeiers Vorgänger hat den Abrahamssegen gesprochen. Früchte, tausendfach. Im Lauf der zwanziger Jahre wurden sechs Kinder geboren. Die Hälfte davon war als zukünftiges Kanonenfutter im Osten vorgesehen. Als mein Vater gegen 1950 aus Rußland zurückkehrte, wo-

her genau, weiß ich nicht, wie er seine Zeit dort verbrachte, weiß ich nicht, hat er auch gleich geheiratet. 1954 kam ich und war, wie ich glaube, herzlich willkommen. Selbst Habermeier soll bei meiner Taufe betrunken gewesen sein.
Ich erinnere mich, daß ich ein Kind von Überlebenden bin.
Mein Vater hat den Krieg überstanden und ist aus der Gefangenschaft zurückgekehrt.
Mein Großvater hat den Krieg überstanden und ist aus der Gefangenschaft zurückgekehrt.
Andere sind gestorben. Einigen davon ist das Herz stehengeblieben vor Schreck. Einige sind an einer kleinen Grippe gestorben. Andere, weil sie nicht wußten, wie man ein Feuer zustande bringt. Einige, weil sie zuviel gegessen hatten und nicht mehr beweglich genug waren. Andere, weil sie zu wenig gegessen hatten, so daß sie ohne weiteres kleinzukriegen waren.
Ich bin das Kind von Überlebenden.
Schon in vorhistorischer Zeit, habe ich gelesen, haben die Starken die Schwachen kleingekriegt. Die Fleischfresser sollen über eine friedfertige Rasse hergefallen sein und diese ausgerottet haben.
Eine Auslese, die mir zu denken gibt.

Ich habe keine Angst vor der Nachtfrau mehr

Früher genügte es, wenn man mir sagte: die Nachtfrau kommt, und ich blieb zu Hause, wenn es dunkel war. Nachts war's die Nachtfrau, tagsüber der böse Onkel,

früher. Früher hörte ich schon Geschichten von früher, und ich fragte Großvater: Wann war das, früher?
Längst ist die Nacht die schönere Seite des Tages. Ich habe nicht mehr vor dem Einschlafen im dunklen Zimmer Angst.
Kein Mut des Seefahrers. Ich komme vom Land.
Was ist das: der Mut der Seefahrer, das Einsteigen in Richtung Westen und dann an einer Ostküste ankommen? Über die Oberfläche des Meeres. Ist es nur der Ausfall der Angst? Der Ausfall meiner Angst?
Über den Mut vergangener Zeiten kann ich nur staunen. Sie haben in die Höhe gebaut, und wenn es von oben herunterfiel, haben sie von vorne angefangen.
Sie haben immer von vorne angefangen. Sie haben nie etwas Fertiges gesehen. Aber sie haben den Plan gemacht und haben angefangen damit. Das war im Mittelalter.
Doch ich möchte am liebsten im Bett liegen bleiben. Nicht aufstehn, wenn ich müde bin, und auch, wenn ich nicht so mutig bin wie die Starken von einst.

Ich habe keine Theorie des Glücks mehr.
Ich weiß, daß mein Glück *anderswo* war.
Von einigen Heiligen heißt es, sie seien gleichzeitig hier und dort gewesen.
Das war nur den größten Heiligen vorbehalten. So wurden sie auch bald heiliggesprochen. Sie hatten die Gnade der Bilokalität, wie die Theologen sagen. Die Gnade, gleichzeitig hier und dort zu sein.
Ich war hingegen überall, wo ich war, nur halb, ohne die Gnade der Bilokalität. Fertig.
Fertig kommt von Fahren. Fertig heißt fährtig, heißt zur Abfahrt bereit.

Meine kleinen und kleiner werdenden Erinnerungen, die weggezauberte Warze, zum Beispiel, die ich mit einem Kreuzzeichen und meinem festen Glauben von meiner rechten Hand weggezaubert habe, bei Vollmond. Andere behaupten, der Vollmond sei richtig, aber man müsse über die Warze pinkeln und dran glauben. Das mag ein oberschwäbisches Gerücht sein.
Die vielschichtigen Erinnerungen. Der konsekutive Schmerz.
Meine alte Großmutter, fast neunzig Jahre alt geworden, sagt immer, soweit sie zurückdenken könne, es sei fast nichts Schönes dabei gewesen. Andererseits sagt sie auch, es sei alles sehr kurz gewesen, es komme ihr so vor, wie einmal das Dorf hinauf und hinunter gelaufen. Und die Arbeit von früh bis spät, wie vom Himmel bestimmt, oder vom Lauf der Sonne bestimmt.
Das hat auch Sokrates gesagt, als er sich selbst Mut zum Abschied zusprach. Ich sage vorläufig, sie hat recht, er hat recht.

Ausgeschrieben

Der Baumgarten und sein Gras mit den Gänseblümchen im Vorfrühling war schön. Die Kastanien, die ich im Herbst für die Rehe sammelte, sackweise, waren schön.
Mein Gigi, der schon lange tot ist, war schön und kostete viele Tränen. Mein Caro, der eines schönen Sommermorgens vor der Haustür überfahren wurde, war schön und kostete viele Tränen.
Meine Küken, für die ich keine speziellen Namen hatte, waren schön. Ich hatte sie mit dem Geld aus der Haus-

haltskasse, über die keiner einen Überblick hatte, so daß ich ohne weiteres zwanzig Mark herausnehmen konnte, auf der Hühnerfarm bei Sauldorf geholt. Mit dem Nachbarn, dem Fahrrad, der großen Einkaufstasche. Die zehn Kleinen wurden aus dem Brutkasten genommen und in die Tasche gelegt. Dann ging's zurück nach Rast. Doch die Glucke nahm die Neulinge nicht an Kindes Statt an. So kamen sie alle um und starben einen vorzeitigen und unsinnigen Hühnertod. Die einen wurden der Reihe nach vom *Relle* im Baumgarten gefressen. Die anderen fielen ins Tränkebecken und ertranken. Die Alte paßte nur auf ihre eigenen drei Kleinen auf. Ich hatte geprahlt mit meiner Glucke und ihren dreizehn Kleinen, die ausgeschlüpft seien. Doch nur drei haben überlebt und konnten Monate später geschlachtet werden, indem man ihnen den Kopf vom Leibe trennte. Doch sie waren schön.
Die Arbeit im Wald mit der Motorsäge, die meine rechte Hand verunstaltete, war schön. Die Arbeit in der Fabrik war schön. Das Auf und Ab auf den Feldern zu allen Jahreszeiten, jahrelang.
Ich selbst war schön. In der Wiege unter dem Christbaum. Unter der Bettdecke. Du warst, freilich, schön. Du und die anderen.
Das Aufstehen vom Bett war schön.

Was für ein Satz: Ich werde dich nie verlassen. Zumindest ein Irrtum.

Fritz, danach

Dasselbe Händchen griff daneben.
Kleine Schiffe. Großes Meer.
Er bräuchte Medizin für die Augen.
Fritz ist in sein Schicksal verliebt. Das ist seine Rettung.
Er ist zum Halbwegsverstehen geboren.
Mit der anderen Hälfte ist er in sein Schicksal verliebt.
's soll kui G'schiechd drous werre, sagt er sich.
Der verdrehte Weltschmerz hat ihn ergriffen, die Flucht nach vorn.
Er muß umdenken.
Seine Art von Zukunft zwingt ihn zum Umdenken.
Er wäre einer jener konfusen Alten geworden. So ist er schon einer jener konfusen Jungen.
Er will milder werden. Vorgezogene Altersweisheit. Sich warm anziehen. Nicht mehr ohne Schlafanzug ins Bett. Mit Hoffnung. Mit Schlafanzug.
Wie oft hat er sich betrogen, wenn er tot umfallen wollte.
Er wollte nur einschlafen.
Er kann sich auf die Grabsteine seiner Vorfahren stützen, der Reihe nach.
Vereinzelte Erinnerungen.
Ich war einmal, denkt er sich.
Fritz denkt gar nicht. Er hat schon Artillerieverkalkung, behauptet Gretel.
Aber Lisl hatte wenigstens einen guten Tod. Fritz kann vor lauter Erinnerung nicht einschlafen.
Er hat den Faden verloren.

Der gute Tod

(An der Friedhofsmauer in Rast, gegen Abend)
Dieser Heuberg, der meiner Traurigkeit entgegenkam, wenn es Traurigkeit war.
Eine aus mehreren Gründen vergangene Welt. Einmal, weil so und so viel Zeit vergangen ist. Und dann, was mit der Zeit kam.
Ich sehe den ganzen Heuberg, in den die Mauer übergeht. Der in den Himmel übergeht.
Und die Heiligen, die auf den Gräbern stehen.
Die meisten hat man weggetragen. Man hat mir erzählt, daß früher alles voller Engel stand, daß es praktisch nur Engel gab. Mit den Jahren wurden die Engel verkleinert, erschienen zunächst im Marmorrelief. Jetzt hat es auch damit sein Ende. Man hat die Engel herausgenommen für andere Zwecke. Die kleinen dienen als Krippenfiguren, den großen hat man die Köpfe abgeschlagen. Zwei stehen noch. Man soll sie stehen lassen, meinte das Komitee von *Unser Dorf soll schöner werden*.
Mein Lieblingsengel, der kurz vor der Landung erstarrt sein muß, stand in der hintersten Reihe.
Lisl, die das Grab einer am Ende des vorigen Jahrhunderts verstorbenen Urgroßtante zu betreuen hatte, wollte es für Allerheiligen nicht mehr herrichten. Es ging ja doch keiner mehr zu diesem Grab. Und wer hätte es auch tun sollen. Dieses Grab war einfach übriggeblieben, und keiner hatte eine Erinnerung an diese Tante.
So hat Lisl den Engel einem Alteisenhändler mitgegeben und bekam dafür einen Kanister Salatöl.
Die meisten Engel sind schon vor Jahren weggeschafft

worden, als ich noch nichts zu sagen hatte. Ich habe auch heute noch nichts zu sagen, doch die Leute merken, daß die Engel weg sind.

Verschwunden.

Die letzten zwei sollen unter Denkmalschutz gestellt worden sein. Die schönen Linden um den Friedhof ebenso. Die Weiber schimpfen jedes Jahr, weil das Laub so viel Sauerei macht.

Lisl hat, kurz bevor sie starb, ohne daß sie eine Ahnung davon gehabt hätte (sie lag nämlich über Nacht am anderen Morgen tot im Bett), den Steinmetz angehalten, als er gerade vorbeifuhr. Als sie am Samstagnachmittag mit dem Besen im Hof stand. Als um vier Uhr die Glocken den Sonntag einläuteten. Als er gerade vom Rosengarten kam und den Schmittenbühl hinauffahren wollte, und hat ihm gesagt, *sie well no emol en Ängl, daßrs beizeit wiss*.

Der Steinmetz sagte ihr aber sogleich, einen Engel könne er nicht mehr machen.

D'dei Vaddr hotz doch au kenne, derr hott seiner Lebdig lang nu Ängl g'machd. Die beiden einigten sich auf der Haussteige, daß der Steinmetz anderswo einen Engel auftreiben solle. Falls er keinen Engel für Lisl finde, werde er einen stilisierten Engel anfertigen. Das Wort *stilisiert* fiel zwar nicht, der Steinmetz sagte nur: *I machs denn e so, damme muindt, daß en Ängl ischd wia uffm Graab vode Läne und ufm Griagrdengkmol*, wo er einen stilisierten St. Michael, den Ortsheiligen, gemacht hatte, und Lisl nickte, *no isches readt*. Sie wollte aber wenigstens, daß man sehen könnte, daß es sich um einen Engel handelt. Etwas genauer als auf dem Kriegerdenkmal. Der Steinmetz meinte, er würde das schon hinkriegen.

Geischd obaachd, me zaaled, wass koschd, rief sie ihm noch nach.
Sie wollte einen Engel mit Palmzweig.
Ich sehe, daß Lisl unzufrieden wäre mit ihrem Grabstein. Sie hat nämlich wie alle anderen anstatt des gewünschten Engels ein Kreuz im Flachrelief bekommen. Einen Palmzweig, der von rechts nach links über die Worte *Gott sprach das große Amen* geschwungen ist, kann man allerdings erkennen.
Lisl hat bekommen, was am Lager war.
Als der Steinmetz nach Lisls Leicht mit dem Katalog zu Fritz kam, um ihm die lieferbaren Modelle zu zeigen, meinte Fritz: *Nimm, wa de witt, 's def bloos it meh wia dreitoused Margk koschde. D'Lisl siedts doch nimme.* Der Steinmetz, der nur noch ein Grabsteinhändler und Grabsteinlieferer war, hatte dem Fritz noch gesagt, daß die Lisl einen Engel für ihr Grab bestellen wollte. Doch im ganzen Katalog war kein Engel, und Fritz winkte ab, *Awa, sell geits au no, dees hobme heit nimme, me nimmd, wass geit. Do machemer gar kui Theadr.*
Als ihr Sarg vor der Leichenhalle stand und das halbe Dorf kam, Lisl das Weihwasser zu geben, was soviel heißt, wie an der Beerdigung teilzunehmen, konnte man wegen des Lärms die liturgischen Texte kaum verstehen. Das war auch gar nicht nötig, denn ich und die anderen kannten den Wortlaut einer katholischen Beerdigung auswendig. Es fängt an mit *Zum Paradiese mögen Engel dich begleiten*. Damit ist jeder gemeint, der schon halb im Boden liegt. Also war auch Lisl gemeint.
Eine einfache Beerdigung. Lisl war nicht im Kirchenchor. War nicht bei der Musikkapelle. Keine Kriegsteilnehmerin. Also kein gesungenes *Auferstehn wirst du*, kein

Ewige Ruh und auch keinen *Guten Kameraden* von der Raster Musikkapelle. Keine Predigt, keinen Lebenslauf. Das gab es in Rast nicht. Lisl wußte nicht, wie man auf evangelisch beerdigt wird, mit seinen Nachrufen, die nicht mehr ankommen.

Es war ein schöner Morgen, als Lisl langsam zu den Worten *Ich bin die Auferstehung und das Leben* am Seil hinabgelassen wurde.

Die *Starfighters* flogen immer bei schönem Wetter.

Auferstehung war nicht zu verstehen. Aber ich konnte mir ausdenken, was Habermeier sagte, als er zu seinem Weihwasserpinsel griff und dem Leichengräber mit einem Kopfnicken zu verstehen gab, er solle jetzt die Automatik bedienen und den Sarg im Zeitlupentempo hinablassen, als ob es für Lisl noch eine Schonfrist gegeben hätte unter der Sonne.

Der gefährlichste Augenblick der Leicht auf dem Raster Friedhof war erreicht. War Habermeier zu pathetisch in seinen Weihwasserbewegungen, war sein Weihwasserkreuzzeichen auf den Sarg hin zu ausufernd, klang seine Stimme, wenn sie zu hören war, zu eindeutig, wenn er *Auferstehung* sagte, und in Richtung Leichengräber mit dem Kopf nickte, flossen in diesem Augenblick die bis dahin zurückgehaltenen Tränen. Fritz schluchzte auf und fing sich wieder.

Die Farbfenster der neuerstellten Leichenhalle, die wie im Rosengarten so getönt waren, daß man nicht richtig hinaus, aber auch nicht richtig hinein sah, klirrten. Die Trauergäste – oder wie soll ich sagen – hielten sich die Ohren zu und schauten nach oben. Die anderen weinten weiter. Kinder hätten geschrien, doch auf der Leicht gab es keine Kinder. Lisl ist mit Lisl ausgestorben. So dicht flog der Starfighter über die Leichenhalle, daß man auch noch den Kopf des Piloten erkennen konnte, in dem vielleicht Stroh war. Die Trauergäste zuckten zusammen. Habermeier wartete mit seinem *Staub bist du*, dem weiteren gefährlichen Augenblick, wenn er eine Schaufel guten Raster Bodens auf dem Sarg aufklatschen ließ, der schon im Boden lag. *Staub bist du*, behauptete er mit seiner Schaufel Richtung Lisl. Das war deutlich zu hören, *doch der Herr wird dich erwecken am Jüngsten Tag*, und schwieg.

Die Trauergäste zuckten zusammen. Einige waren vom *Feld* zurückgekehrt und konnten sich an diese Art Lärm erinnern und nachher im Rosengarten vergleichen. Fast so laut wie damals.

Habermeier hatte sich nicht durchgesetzt, sondern das häßliche Wort Leichenhalle. Habermeier meinte, als die unnötige Leichenhalle fertig war (zwei Tote im Jahr), die Leute sollten jetzt Totenkapelle dazu sagen.

Ich sehe, wie ich auf Lisl zuging, um ihr das Weihwasser zu geben, als ich an der Reihe war.

Mit der linken, meiner rechten Hand griff ich zum Tannenreiswedel und nahm ihn aus dem Weihwasserkessel. Der Weihwasserkessel hing an einer Eisenstange, die im aufgeworfenen Boden steckte, mit dem Lisl zugedeckt wurde, als die Leicht vorbei war. Ich tauchte den Zweig noch einmal ins Weihwasser. Das triefende Weihwasser verteilte ich in Kreuzform über Lisl, die schon im Boden lag. *Do leischd also*, werde ich gedacht haben. *So goats*. Ich konnte Lisl, an die ich mich erinnern konnte, seit ich mich erinnern kann, gut leiden.

Ich nickte noch einmal vor Lisl, wie ich nickte, wenn ich an ihr mit dem Fahrrad vorbeifuhr, wenn sie im Garten stand, und machte ein Kreuzzeichen und wünschte ihr Gut Nacht.

Dann wünschte ich Fritz und den *Nächsten* mein herzliches Beileid. Fritz und die Seinen, stand mit einem Gesicht, das ich nicht kannte, mit dem Kopf nach unten, sah so nicht einmal bis zum Sarg. Im *Dagblatt* stand der unverständliche Satz *Von Beileidsbezeigungen am Grabe bitten wir Abstand zu nehmen* wie immer.

Jeder, außer Habermeier und seinen Ministranten, wünschte sein Beileid und ging dann noch zum eigenen Grab, zum Familiengrab. Wer zum Essen geladen war, ging in den Löwen.

Zum Ende der Leicht von Lisl wurde noch das kleine Vaterunser gebetet, *für den, der als nächster aus unserer Mitte scheiden wird*, stimmte Habermeier an. In das Ave Maria stimmten die Gläubigen von selbst ein. Dann drehte sich Habermeier mit seinen Ministranten um und verließ den Friedhof. Lisls Beerdigung war fertig.

Lisl ruht nun auf der linken Seite des kleinen Friedhofs. Dort, wo die neuen Gräber sind.

Auf den alten Gräbern kann ich noch *Wiedersehn* lesen. Auf den neuen lese ich *Ruhe sanft* oder gar nichts. Es war eines unserer Kinderspiele, auszurechnen, in welchem Quadrat wir zu liegen kommen würden. Lisl hat nun Platz neben Leuten, die sie sich nicht ausgesucht hat. Die Plätze werden nach Sterbedatum verteilt, heutzutage.

Auf dem Heuberg scheint die Sonne, während der Friedhof und ganz Rast in ein dunkles Loch getaucht sind.

Vergiß das neue Jahr.

Lisl ist jetzt oben.

Auf dem Schmittenbühl. Im Himmel. Auf dem Friedhof.

Man kann auch unten dafür sagen.
Der Schmittenbühl war schon mit dem Fahrrad eine harte Nuß.

II

Zukunft

In deinem Licht
sehe ich das Licht

Kindstaufe

Schmerzensfreitag, weil.
Die gewöhnliche, die alte Grammatik mit ihren Kausalsätzen.
Der Anfang, der Schmerzensfreitag stimmt. Es war aber nicht Tag, sondern Nacht. Ich verfälsche die Daten meines Lebens. Ich setze an den Anfang eine Uhr. Sie zeigt gegen zehn Uhr abends, hoch über dem Kreißsaal. Nicht denken, sondern mit dem Rauchfaß in die Sakristei zurück.
Früher waren es die kaputten Milchzähne.
Du liebe Zeit:
Ich erblicke, Sie wissen schon, das Licht der Welt.
Ich falle zum ersten Mal auf die Nase, vom Laufstall aus.
Ich sage zum ersten Mal Mama, ohne darüber nachzudenken. Ich bin zum ersten Mal verliebt, ohne zu wissen, warum. Ich komme dahinter, daß sich nichts ändert. Lisl ist tot.
Ich falle der Reihe nach vom Schaukelpferd, vom Karussell, vom Dreirad, vom Zweirad, vom Motorrad, von der Schaukel, vom Pferd.
Ich werde zum ersten Mal hinters Licht geführt, wie Sie sich denken können. Ich rapple mich jeweils wieder auf. Jeweils, aber aus anderen Gründen. Zuerst heißt es, weil man es so macht, steht man auf den Beinen. Wenn man fällt, steht man wieder auf, heißt es einhellig aus den unterschiedlichsten Richtungen.
Es liegt in seinem Kratten und schläft. Es verschläft ganze Tage. Himmlisch, wie die Sonne auf es herunterscheint. Man schaut von oben auf es hinein und weiß noch nicht,

wem es ähnelt. Man soll es nicht von der falschen Seite aus anschauen, damit es nicht erschrickt und anfängt zu schielen.

Der Besuch will wissen, wem es ähnlich ist. Lisl kommt mit einer hellblauen Strampelhose und sagt, die Augen seien von der Mutter. Aber der Blick ist vom Vater. Es ist aber ein lustiges Kind. *Lueg emol, 's hot scho e baar Hoor ufm Kopf.*

Man soll es jetzt in Ruhe lassen, denn es braucht viel Schlaf. Der Besuch bekommt einen Kaffee. Man geht ins andere Zimmer mit dem Besuch. Man geht ins Nebenzimmer, damit man es schreien hört, wenn es schreit.

Schön, daß es noch keinen Haarausfall und keine Hühneraugen und keine Krampfadern und keine falschen Zähne hat.

Es schreit von selbst. Es bekommt seinen Schoppen.

Es hätte nicht viel gefehlt, und es wäre gar nicht auf die Welt gekommen. Schön, daß ihr es nach seinem Großvater getauft habt. Wäre es ein Mädchen geworden, hätte man es nach der Großmutter getauft.

Lisl steht an seiner Wiege. Es kennt Lisl noch nicht. Lisl denkt voraus: was wird aus dem Kleinen werden. Das Einfachste: wird es es gut haben, wird es gut ausgehen mit ihm? *Guet im Fueter. Ez wemmer emol sie*, und sie nimmt es aus der Wiege. Lisl hat keine Kinder. Sie hätte gern so ein kleines Ding und weiß: *Vorsicht mit dem Kleinen, damit der Kopf nicht fällt.* Es läßt seinen Kopf nicht hängen. Lisl lächelt, und das Kleine fängt an zu schreien. *I hander schäne Schdramblhosse mitbroht*, doch das Kleine weiß von nichts. *Dees goat schnell, so gleine Kind wased.*

I glaub, 's hot nasse Windle, sagt Lisl.

No wemmer emol sie, sagt die Tante des Kleinen.
Es bekommt neue Windeln. *Wenn honder Dauf?* will Lisl wissen.
Ich könnte weinen, aber ich weine nicht.
Lisl wird mit Lisl aussterben. Der Storch hat kein Kleines gebracht. Das Kleine lacht. Die Tante winkt mit der Rassel. Das Fäustchen öffnet sich. Greift ins Leere. Es hat nichts zum Spielen. Es ist noch zu klein zum Spielen. Es fängt wieder an zu weinen. Lisl weiß auch nicht, wie man das Kleine wieder zum Lachen bringt. Weinen lassen, denkt sie. Es wird von selbst aufhören.
Lisl könnte weinen, aber sie weint nicht.
Sie trinkt mit den anderen Weibern, die auch noch gekommen sind, um das Kleine zu sehen, einen Kaffee. Bald ist die Stube voll. Die Weiber erzählen sich, wo sie schon einmal ein so dickes Kind, ein so gesundes, gesehen haben. Die mitgebrachten blauen Strampelhosen werden ausreichen.
Wenn es so weitermacht, kann es bald laufen.
Fritz klopft an die Tür. *Sind d' Weiber widdr beim Kaffeesoufe,* lästert er, *Weibersach. Witt au uin,* aber er will nicht. *Honder e Bier?* Fritz sieht, daß Lisl den Kopf schüttelt. *En schäne Bue,* sagt er und schaut kurz in den Kratten. *Do honder emol epper zum Schaffe.*
Weibersache. Fritz geht bald und trinkt seine Bierflasche vor dem Haus aus.
Mit der linken Hand brunzt er gegen das Gartenhag.
Lisl klopft ans Fenster. Weiber sind *Kitterfidle,* es wird laut gelacht. *Du Saulude,* schreit Lisl aus dem Fenster. *Schrei it so lout, de Glei verwached.*
Aber das Kleine wacht nicht auf.

Namen nehmen

Sauldorf kommt von Sau, Suhle oder vom heiligen Saul. Irrendorf kommt von Irno, wie seine Einwohner behaupten. Irno soll ein Ritter gewesen sein, der zwei Feinde und zwei Frauen auf einmal konnte. Dafür hat er sich auch einen Namen gemacht bis in unsere Nachwelt hinein. Eine andere Etymologie will hingegen, daß Irrendorf mit irr zusammenhängt. Vielleicht hängt das eine mit dem anderen zusammen. Das will ich gern glauben.
Schwackenreute kommt von Svokan, einer alemannischen Gottheit. Dieser Svokan oder auch Schwokan wurde von den christlichen Missionaren, die sich von Gnaden des Schwerts in unseren Gegenden breitmachten, kaltgestellt. So folgte eine Gottheit der anderen.
Bittelschieß kommt von Bittel, ehedem Bittelo, der vor Ort schon viel geholfen haben soll in all der Vergangenheit. Daß 1420 nur das halbe Dorf verbrannt ist, wo es hätte das ganze sein können. Daß 1520 nur das halbe Dorf evangelisch geworden ist, wo es hätte das ganze sein können. Daß 1620 nur die eine Hälfte verhungert ist, während die andere Hälfte von den Schweden geviertelt und so weiter. Daß aber alle Hexen, die es gab, wirklich verbrannt wurden. Daß es jetzt keine Hexen mehr gibt. Und so weiter aus den Taten der Heiligen, in unseren Gegenden abgebildet auf manch blutrünstigem Altar.
Hoppetenzell kommt von Hoppo. Verstehen Sie etwas von Etymologie?
Mindersdorf kommt von minnen und besteht daher heute noch.

Gallmannsweil kommt von geil, weil alle Männer geil sind.
Oberboshasel kommt von Oberboshasel. Keiner konnte sich darüber bisher einen Reim machen.
Name kommt von nehmen.
Haben kommt von Nehmen.
Au kommt von Aue oder von Zahnweh.
Ach kommt von Aha, althochdeutsch Wasser oder von Kopfweh.
Lust kommt von Lassen, oberschwäbisch: *lau*.
Sein kommt von Haben, oberschwäbisch: *hau*.
Kommen kommt von Gehen, oberschwäbisch: *gau*.
Weh kommt von Vergeh, oberschwäbisch: *vergau*.
Gehen kommt von Verstehen, oberschwäbisch: *verstau*.
Liebe kommt von Triebe und reimt sich darauf.
Heimweh kommt von Wegfahren.
Tod kommt von Leben.
Gehen kommt von Kommen.
Kommen kommt von Gehn.

Große Namen

Alle Heidegger-Namen
Heidegger Fritz
Heidegger Martin
Heidegger Lore
Heidegger Didi
Heidegger Erika
Heidegger Lisl
Heidegger Ignaz

Alle anderen Namen
Kreutzer Conradin
Gabele Anton
Schütterle Anna
Bedese Lene
Rothmund Zita
Hermle Marie
Alle Flüchtlinge
Krössing Horst
Madefsky Helma
Alle Einheimischen
Alle Lebenden
Alle Verstorbenen
Alle Ausgewanderten
Alle Daheimgebliebenen

Große Namen. Doch ist schließlich alles groß, was einen Namen hat.

Der Heuberg ist schöner als sonst

Ich glaube, wenn ich genau hinschaue, sehe ich den Säntis zwischen den Wolken.
Die Blumen auf den Gräbern sind schöner als in den Gärten. Kein Wunder, sie sind gut versorgt.
Der Friedhof liegt erhöht und außerhalb. Sehr schön. Man hat von ihm aus den schönsten Blick über die Gegend.
Man sieht alles.
Ich weiß noch, daß ich im Herbst wie die anderen Dra-

chen gebaut habe, die nicht fliegen wollten. Das dicke Pergamentpapier aus dem Küchenschrank, meine ungeschickten Hände und niemand, der mir gezeigt hätte, wie man Drachen baut, damit sie fliegen. Ich habe mit der einen und der anderen linken Hand zuerst nach den geeigneten Latten im Holzschopf gesucht, mit der Laubsäge falsch angesägt, das schwere Holz falsch zusammengenagelt. Das Pergamentpapier auf das Holz gelegt und einen Drachen herausgeschnitten. Zwei Mark aus dem Kuchekaschde genommen und bei Frau Burth zwei Rollen Bindfaden gekauft und einen Mohrenkopf für unterwegs. Zwei Rollen Bindfaden aneinandergebunden, in den hinteren Baumgarten gegangen und den Drachen auf den Boden gelegt. An die Schnur gegangen und *meinen Anderen* zugerufen: *Drachen in die Hand nehmen.*
Losgerannt und gerufen: *Drachen endlich loslassen.*
Doch der Drachen ist nie geflogen. Kein einziges Mal.

Schlußlicht

Es ist schön, diese Gegend zu verlassen.
Ich bin fertig (fährtig, zur Abfahrt bereit). Hinter meinem Rücken wird's weitergehn.
Die Dreckig sitzt auf der Stiege ihrer Bahnhofswirtschaft und wartet darauf, daß etwas los ist.
Fritz schifft gegen die Hauswand.
Der Stehlratz wird vom Polizeiauto aus Richtung Meßkirch eingeholt.
Habermeier spricht vom Jenseits.
Der Auswanderer bleibt fort.

Lisl steht am Fenster.

Habermeier hat mir gesagt, daß ich Staub bin und daß ich zu Staub zurückkehre.

Der Herr Doktor hat mir gesagt, ich solle das Leben genießen. Der Herr Doktor hat mir gesagt, ich könne jetzt nach Hause gehen. Ich solle noch etwas verreisen. Mich meinen Dingen widmen. Was soll ich noch? Den Abstand, der mich vom Leben trennt, beschreiben?

Als ich nach Hause kam, ging ich zuerst zum Kühlschrank und habe meinen Durst gelöscht mit Bier. Dann habe ich geweint. Ich habe so laut geschrien, daß die Bilder von der Wand fielen. Aber es hingen keine Bilder an der Wand, und sie wären nicht von der Wand gefallen. Und ich hörte auch bald wieder auf zu weinen und machte etwas anderes.

Meinem Großvater
Arnold Stadler
der mir mein erstes Fahrrad geschenkt hat
und meiner Großmutter
Maria Stadler
mit der ich meine ersten Schreibversuche unternahm

Ich war einmal erschien erstmals 1989 im Residenz Verlag. Seitdem sind zehn Jahre vergangen.

Die vorliegende Taschenbuchausgabe weicht geringfügig von der Originalausgabe ab, indem der Verfasser auf jene Namen, die – zu seinem Schmerz – als Anspielungen auf Menschen und Namen in der Welt von Meßkirch gedeutet wurden, verzichtet.

Ergänzt ist vorliegende Ausgabe um eine Übersetzungshilfe, die, versuchsweise, die Wörter und Passagen, die ich in der heimatlichen Sprache von Rast (keine Schriftsprache, doch mehr als ein Dialekt, man müßte es hören) niederzuschreiben versuchte, in einer schriftdeutschen Entsprechung wiedergibt.

Seite 25	*Wertighäs*	Werktagskleidung
Seite 29	*Relle*	Kater
Seite 30	*Kuin Bolle im Maul*	kein Bonbon im Maul
Seite 32	*g'soicht hot*	gepinkelt hat
	's leit am Fritz	es liegt an Fritz
	weged de Lisl	wegen Lisl
Seite 35	*Trieler*	Sabberlätzchen
	trielen	sabbern
	Kratzede	allgemein im Badischen: eine Beilage zum Spargel (eine Art Pfannkuchen), hier: siehe Erläuterung im Text
	Wia gozene	Wie geht es euch
Seite 37	*Wa witt defir?*	Was willst du dafür?
	Lumbezeig	Tand
	Des ald Zeig…	Dieses alte Zeug haben wir schon lange verbrannt. Aber einen alten Schlitten habt ihr noch
	De sell gemmer it här	Den geben wir nicht her
Seite 39	*Sichelhenke*	Erntedank

Seite 42	*Schwarzmexen*	schwarz metzgen
Seite 44	*die Weiber*	die Frauen
Seite 47	*Serbellen*	eine Art Frankfurter Würstchen
Seite 48	*Herdepfelsallot*	Kartoffelsalat
Seite 50	*Knootz*	Schlamm
	Danggkschään	Dankeschön
	faule Miste	fauler Misthaufen
	Dess kaa jeder sagge...	Das kann jeder sagen, fünf Mark, dann bist du drinnen
Seite 60	*Buchemer Hans*	ein weithin sichtbarer Turm, auf dem Heuberg stehend
Seite 61	*Lueg emol do na!*	Schau einmal da hin!
	Me woist wohl au!	›Man weiß wohl auch‹, Unmöglich!
	Dere kehrt d'fir dau!	Der gehört dafür getan, die gehört bestraft!
	So uine...	in etwa: zur Raison bringen
Seite 63	*De mond...*	Ihr müßt nur zupacken und dürft nicht nachgeben!
Seite 64	*acht under Schduegedt*	acht Pfennig unter dem Stuttgarter Schweinepreis
Seite 65	*I kum no emol...*	Ich komme übernächste Woche vorbei
Seite 66	*Jo de kunt morn...*	Gut, er kommt morgen. – In Ordnung. – Ich schicke ihn vorbei
Seite 67	*Do kunt ebber*	Da kommt jemand
	so ez isch readt	Schön, daß du kommst!
	Gang hol en Moschd	Geh, hol einen Krug Most!
	O nui, huit kuin Moschd	Nein, lieber nicht. – Heute lieber keinen Most –
	i moß no fahre	Ich muß noch fahren
	Asso a Flasche Bier? Jo, sell goat	Also eine Flasche Bier? – Ja, das geht.
	's geit nint neis	Es gibt nichts Neues

              Ez wi gozene? Nun, wie geht es euch?
              No wemmer emol... Dann wollen wir ans Auszahlen gehen. – Wieviel bekommst du? Stuttgart ging ja noch zwei Pfennig nach oben
              Minz Kleingeld
              Deschd a Geld, do nimm's! Das ist Geld! – Bitteschön!
              So ez luege no in Stahl Jetzt möchte ich noch den Stall sehen

Seite 68	*daß er saugscheid sei...* daß er unglaublich intelligent sei, und schon früher wahnsinnig intelligent gewesen sei
	Honder widdr eppes vom Heidegger g'hert? Habt Ihr wieder etwas von Heidegger gehört?
	Er ischt weltberühmd Er ist weltberühmt
	Jo, die selle kennded soweit sei Die dort könnten soweit sein
Seite 69	*du Lugebeitel* Lügner!
Seite 74	*Z'Paris isches schä.* In Paris ist es schön
Seite 76	*Kum rous...* Komm heraus, du Zigeuner! – Warte nur, wenn ich dich zu fassen bekomme! – Wir haben dich gleich! – Ich schlage dich tot!
Seite 77	*alte Bierbloter* alte Bierblase
	Stell der vor... Stell dir vor: er hat schon wieder geklaut. Dieses Mal war es ein Kanister Salatöl
Seite 78	*ho hanne huit emol 's Grimme* Derartige Bauchschmerzen wie heute hatte ich noch nie!
	Me hond Blatz... Wir haben Platz genug. – Auf eines mehr kommt es auch nicht mehr an! –
Seite 83	*De muint se* Er bildet sich was ein
Seite 84	*Ochsenmaulsalat ist kebbelig* Ochsenmaulsalat ist ekelhaft
Seite 85	*Lumpenziefer* Ungeziefer
Seite 90	*Me hond alle...* Wir standen alle nebeneinander.

– Es war ganz ruhig alles, und wir sahen den Zug von Meßkirch her kommen. – Dann stieg er ein. – Der Gesangverein sang ›Nun ade du mein lieb Heimatland‹ – Dann wurde es noch stiller. – Alle haben gewunken und ›Auf Wiedersehen!‹ hinterhergerufen. Als (und: an der Stelle) der Zug in den Wald hineinfuhr, sahen wir noch etwas dem Rauch hinterher, bis auch der nicht mehr zu sehen war. – Dann gingen wir nach Hause

Seite 102 *Fünf Saue gend nuit emol a Kua* Fünf Schweine sind noch nicht einmal so viel wert wie eine Kuh

Seite 107 *Ho hanne huit naht emol schwitze messe* So geschwitzt wie heute Nacht habe ich noch nie!

Seite 111 *Relle* Kater

Seite 112 *'s soll kui G'schiechd drous werre* Es soll keine Geschichte daraus werden

Seite 114 *sie well no emol en Ängl, daßrs beizeit wiss* Sie wünsche, wenn es soweit sei, einen Engel. – Damit er es rechtzeitig wisse.

D'dei Vaddr hotz... Dein Vater konnte das doch auch noch! – Der hat doch, solange er lebte, praktisch nur Engel gemacht!

I machs denn e so... Ich mache es so, daß es ausschaut wie ein Engel – wie schon auf dem Grabstein von Lena – und wie auf dem Kriegerdenkmal

no isches readt In Ordnung

Seite 115 *Geischd obaachd...* Streng dich an! – Ich zahle einen guten Preis!

Nimm, wa de witt... Nimm, was du willst – es darf nur nicht mehr als 3000 Mark kosten. – Die Lisl sieht's doch nicht mehr

Awa, sell geits au no... Ach, das wäre ja noch schöner! – Das gibt's heut' gar nicht mehr! – Man nimmt, was es gibt. – Da machen wir gar kein Theater!

Seite 117 *Do leischd also* Da liegst du also!
So goats. So geht's!

Seite 124 *Luegemol,...* Schau, es hat schon Haare auf dem Kopf!
Guet im Fueter... Gut im Futter. – Wollen wir mal sehen!
I hander schäne... Ich habe dir schöne Strampelhosen mitgebracht!
Dees goat schnell,... Das geht schnell. – Diese Kleinen wachsen ganz schnell!
I glaub, 's hot nasse Windle Ich glaube, es hat nasse Windeln

Seite 125 *No wemmer emol sie* wollen wir mal sehen
Wenn honder Dauf? Wann wird getauft?
Sind d' Weiber... Sind die Damen schon wieder beim Kaffeetrinken?
Weibersach. Witt au uin? Frauensache. – Willst auch einen?
Honder e Bier? Habt ihr ein Bier?
En schäne Bue Ein schöner Junge!
Do honder emol epper zum Schaffe Da habt ihr später jemand zum Arbeiten
Kitterfidle zum Kichern und Scherzen aufgelegt
Du Saulude Du Ferkel!
Schrei it so lout, de Glei verwached Schrei nicht so! – Der Kleine wacht sonst auf

Inhalt

I
Die Vergangenheit
Die Gegenwart

Schmerzensfreitag 7
Die Erinnerung fällt vom Fahrrad
  und bleibt liegen 9
Ich war einmal 10
Schloßberg 12
Hier 26
Die Abgrenzung der Felder 27
Der Eintagsschmerz 28
Fritz, der Saulude 31
Lisl zeigt sich am Fenster 33
Antonius kommt von der Einweihung
  des Krematoriums zurück 34
Es gab 35
Zuerst Caro. Dann Bello 36
Habermeier ist gestorben 37
Einer meiner Vorfahren war mit Napoleon
  in Ägypten 38
Die Soldaten machen Sauerei, überall wo sie
  hinkommen 40
Hammelläufe, Freundschaftsspiele, Nachkriegszeit 45
Heidegger 51
Im Sommer waren auch die Prozessionen 54
Unser Sauhändler hieß Naze 63
Jakob der Haarschneider 68
Habermeier 70

Fräulein Hermle hat mich für ihr Stück
   zum Schulfest 1965 vorgesehen 72
Nicht dingfest zu machen 74
Der Stehlratz hat nichts zu lachen 76
Gerda bringt ihr erstes Kind neben ihrer
   Nähmaschine in der Trikotfabrik auf dem
   Heuberg zur Welt 77
Fräulein Boll. Sie war Sammelbestellerin 79
Irgendwoher fällt Licht 80
Elvira mit der neuen Hose 81
Otto 83
Zeitvertreib 85
Rese war ein Lumpentier 87
Die Zigeuner kamen alle Jahre wieder 88
Auswandern 89
Nicht mitgereist? 91
Der Heuberg, der meiner Traurigkeit entgegenkam 93
Im Frühjahr zogen die Schäfer durchs Dorf 94
Kurzes Leben. Kurzer Schmerz 96
Der Atlas 96
Jahrelang 98
Ich habe noch den Geschmack von 1 MM und
   F 25 im Mund 99
A. 100
Ochs am Berg. Ein Kinderspiel 100
Ist das Schwein müde, läßt es sich einfach fallen 102
Kleiner Schmerz 103
Mein Blick auf altes Eisen 104
Von den Kriegskameraden meines Großvaters im
   Trommelfeuer von * weiß ich nichts 106
Ich habe keine Angst vor der Nachtfrau mehr 108
Ausgeschrieben 110

Fritz, danach *112*
Der gute Tod *113*

II
Zukunft

Kindstaufe *123*
Namen nehmen *126*
Große Namen *127*
Der Heuberg ist schöner als sonst *128*
Schlußlicht *129*
Widmung *132*

Übersetzungshilfe *133*